「過酷な
運命を選んだ
三つの子たち……」
JN282889
鋼殻のレギオス
CHROME SHELLED REGIOS
13 グレー・コンチェルト

「やっぱり、あなたは最高です」

「あなた程度に時間をかけている暇はないんだ」
全身から吹き出された剄が天を突く。
グレンダンとツェルニ、
二つの都市の端から端まで疾走した。

カリアンは手紙を開いた。
長旅の間に紙片に染み込んだ
様々なにおいの他に、
かすかな花のような香りが
鼻孔をくすぐった。

鋼殻のレギオス13
グレー・コンチェルト

雨木シュウスケ

ファンタジア文庫
1542

口絵・本文イラスト　深遊

目次

登場人物紹介

●レイフォン・アルセイフ　16　♂
主人公。第十七小隊のルーキー。グレンダンの元天剣授受者。戦い以外優柔不断。
●リーリン・マーフェス　16　♀
レイフォンの幼なじみ。ツェルニを訪れ、レイフォンと再会を果たした。
●ニーナ・アントーク　18　♀
第十七小隊の小隊長。強くありたいと望み、自分にも他人にも厳しく接する。
●フェリ・ロス　17　♀
第十七小隊の念威繰者。生徒会長カリアンの妹。自身の才能を毛嫌いしている。
●シャーニッド・エリプトン　19　♂
第十七小隊の隊員。飄々とした軽い性格ながら自分の仕事はきっちりとこなす。
●カリアン・ロス　21　♂
学園都市ツェルニの生徒会長。レイフォンを武芸科に転科させた張本人。
●アルシェイラ・アルモニス　??　♀
グレンダンの女王。その力は天剣授受者を凌駕する。
●トロイアット・ギャバネスト・フィランディン　??　♂
化錬剄による派手な技を好んで使う、口達者で陽気な天剣授受者。女好き。
●クラリーベル・ロンスマイア　15　♀
ティグリスの孫で三王家の一人。レイフォンを倒すことに闘志を燃やす。
●ディクセリオ・マスケイン　??　♂
ニーナの前に現れた赤髪の青年。狼面衆やニルフィリアと深い因縁がある。
●サヤ　??　♀
眠りから目覚めたニルフィリアと同じ姿の少女。自律型移動都市誕生に関わる。
●ニルフィリア　??　♀
錬金科深くの研究所で眠りについていた妖艶な少女。ツェルニと関わりを持つ。

プロローグ

なぜか不意にそれを思い出してしまった。

記憶《きおく》などあるはずがない。そんな時期の記憶が、残っているはずがないのだ。

なぜならば、その記憶にはとても単純な思考と感情しか刻まれていないからだ。

空腹。怖《こわ》い。眠《ねむ》い。不快。

心地《ここち》よい。

外縁部《がいえんぶ》を進みながら、レイフォンは不意に浮《う》かんだそれらのものに首を傾《かし》げる。

その感情は、どう考えても赤ん坊《ぼう》ぐらいのものだとしか思えないからだ。自身の記憶など思い起こせないが、孤児院《こじいん》で世話をした赤ん坊たちはそんな反応《はんのう》しか見せない。その奥《おく》に、もっと複雑なものがあったとしても表面上に現れるのはそんなものなのだ。

本来ならば思い出せないはずの記憶に、レイフォンは内心で首を傾げ続ける。

この感覚になんの意味があるのだろう？

いままで思い出したこともない記憶が掘《ほ》り返され発見されたことに、なんの意味があるのだろう？

いま、この瞬間《しゅんかん》に思い出したことに、なんの意味があるのだろう？

外縁部を進みながら、レイフォンは思う。

目前にはグレンダンがある。かつてレイフォンがいた場所がある。故郷と呼ばれるものがある。

だが、懐《なつ》かしさなどは微塵《みじん》も感じられない。ただ、苦々《にがにが》しさと、これからレイフォンが起こすことの難事に対する、吐《は》き気のような緊張《きんちょう》しかない。

「レイフォン……」

背後のフェリに話しかけられて、レイフォンは振《ふ》り返った。

「大丈夫《だいじょうぶ》ですか？」

「ええ、まぁ」

笑みを浮かべる余裕《よゆう》もなく、フェリのいつもの変化のない表情に陰《かげ》りを見つけてしまう。

それほどに、いまのレイフォンは切羽詰《せっぱつ》まった顔をしているのだろうか。

していに決まっている。

「フェリ……あなたなら、ツェルニから僕《ぼく》たちのサポートもできるはずです。だから

「……」

「もう一度、蹴《け》られたいですか？」

フェリの言葉に、レイフォンは言いかけた言葉を止めた。

「わたしが行くと決めたんです。そこでなにかあったなら、それはわたしの責任です」

「でも、フェリになにかあったら、誰《だれ》も、そんな風には思えませんよ」

「…………」

「きっとみんな、悲しくなる」

「…………」

「それに、グレンダンでデルボネさんの目をごまかすなんてできません。たぶん、入った瞬間から戦いが始まる」

「…………」

「そうなれば、僕だって自分だけで精一杯《せいいっぱい》です。できればシャーニッド先輩《せんぱい》だっ………っ!!」

頭の中で火花が閃《ひらめ》いた。

その原因は左足。その脛《すね》。

「……蹴るって言いましたよ？」

「……言いました、けど」

座《すわ》り込《こ》み、脛を押《お》さえてレイフォンは呻《うめ》く。けっこう痛い。

「あの念威繰者《ねんいそうしゃ》の方に対してなら、対抗策《たいこう》は考えています。当たり前じゃないですか。わたしを誰だと思っているのです。やる気はなくてもできる子なのですよ、わたしは」

「……すごい自信、ですね」

「なにやってんだ？」

足を止めたレイフォンたちに、シャーニッドが戻《もど》ってくる。

「この、レイ阿呆《あほ》んがいまだにぐだぐだと踏《ふ》ん切りのついていないことを言うものですから」

「はぁ？　まだそんなこと言ってんのか？　締《し》まりの悪い奴《やつ》だな」

「いや、だって……」

「あそこにいる奴らが化け物だって、おれもフェリちゃんもとっくの昔に理解してるっての。それでも行くんだ。それなりに覚悟《かくご》や対策すんのは当たり前だろ？」

「……え？」

「いや、お前。向こうの都市で育《そだ》ったんだろ？　それならおれらよりわかってんじゃん。若《わか》さだけじゃどうにもなんねぇぞ、あいつらは」

苦い顔でグレンダンを眺《なが》めるシャーニッドを、レイフォンは呆然《ぼうぜん》と眺める。

「若さはおれらの特権だけどな。そいつだけでどうにもなんなくても、それでも行くんだ。そいつは若いからできる馬鹿《ばか》かもしれないけどな。若さと馬鹿さを混同してるつもりもねえよ」

「先輩……」

「賢《さか》しく生きんのが、今時の若者だってところ、見せてやるよ」

にやりと笑う。

「ほら、やはりカッコイイセリフのことばかり考えています」

「いや、そこはそういうことを言う場面じゃないと思うけどな」

「まぁ、しかたありません。レイ阿呆んの真正さは並ではありませんから」

「まったくだ。きっとこいつ、おれらみたいな対策とかぜんぜん考えてないぜ」

「それは困りましたね。もしかしたら、この人が一番足を引っ張るのではないのでしょうか？」

「お、その展開はありだな。かなりありだ。泣いて困ってるレイフォンを颯爽《さっそう》と助けるおれたち。逆転劇としては最高だな」

「いや、あの……」

「まっ、そういうわけです」

「え？」

呆然としたままのレイフォンに、フェリが告げる。

「無謀《むぼう》な挑戦《ちょうせん》をしているわけではありません。こちらはこちらで、勝算を立てて行動しているのです。あなたも、生きて帰るつもりで行動してください」

生きて帰る。

その言葉がひどく重い。

しかし同時に、レイフォンの心にのしかかっていた重圧を、その重さが押しのけていく。まるで、比重の違《ちが》う液体が一つの器《うつわ》に注がれたかのようだ。

「わかりました」

「わかればいいのです。まったく、どうしてこんな、いまさらなことで時間を潰《つぶ》さなくてはならないのか」

「うっ、すいません」

「……ほら、行きますよ」

フェリがそっぽを向き、先に進む。シャーニッドがそれを見てニヤニヤ笑っている。フェリの爪先《つまさき》が標的を求めて動き、シャーニッドがそれから逃《に》げ出す。

まるで、通学途中《とちゅう》のような光景だ。

「……かなわないな」

自然に笑《え》みが零《こぼ》れた。

立ち上がり、二人の後を追う。

頭の中で、また、あの記憶が蘇《よみがえ》った。

覚えているはずのない、赤子の時の記憶。

心地よい眠《ねむ》りの中にいる。頭の横に投げ出された手がなにかに触《ふ》れる。それを反射的に掴《つか》む。そうすると、なぜか手に掴んだ柔《やわ》らかい感触《かんしょく》が握《にぎ》り返してきた。

同じ存在が隣《となり》にいるのだ。

そう感じた。

そしてなぜか、そうしているのがとても心地よいと感じ、赤子はさらに深い眠りへと落ちていく。

その心地よさはきっとなくならなかったのだ。レイフォンが大きくなるまで、天剣《てんけん》を握るまで。

そして、それを奪《うば》われるまで。

グレンダンを去るまで。

しかし、それは再び、レイフォンの元に戻ってきた。

リーリン。

同じ時に拾われた赤子。

その感触の正体は、きっと彼女《かのじょ》なのだ。

そしていままた、彼女はレイフォンの元から離《はな》れた。彼女の意思でレイフォンから離れた。

本当に、あの時の言葉はリーリンの本心から出たものなのか。窮地《きゅうち》の中でレイフォンを救うためだけに放たれた偽《いつわ》りの言葉ではないのか？

それを、確かめなくてはならない。

レイフォンは進む。

彼《かれ》らの眼前に一つの影《かげ》が舞《ま》い降りてくるのは、一分後のことだ。

カデンツァ〜ロード・イット〜

青い闇《やみ》が周囲を支配していた。

無機質な石材。艶《つや》やかな表面には鏡のような透明感《とうめいかん》があり、それがこの周囲に水のようにある淡《あわ》い光を反射している。光源はどこにあるのか、あるいはこの壁《かべ》自体がそんな淡い光を放っているのか。

だが、この空間の暗さを払《はら》いのけるほどではない。光と闇が拮抗《きっこう》し合い、青い闇ができあがっている。

それは、月光の中で泳いでいるような心地《ここち》だった。

「ここは？」

問いの言葉がかすかに反響《はんきょう》する。闇に波紋《はもん》を浮かばせ、周囲が少しだけ揺《ゆ》れた。

「ここは、グレンダンの奥《おく》の院」

背後に立つアルシェイラが呟《つぶや》く。

その手が、リーリンの背後から伸《の》びる。彼女《かのじょ》とリーリンとの間にあるいつもの流れになるのではなく、その細く長く優美な手はリーリンの眼前に向けて伸ばされた。

手入れされ、飾《かざ》られた爪《つめ》。彼女を彩《いろど》る装飾品《そうしょく》が青い闇の中で弱々しくきらめく。

強い手。このグレンダンのどの武芸者よりも強い、守護者の手。

それが、リーリンの眼前にあるものに伸ばされている。

扉《とびら》。

壁となんの違《ちが》いがあるようにも思えない。だけど、この広い空間に辿《たど》り着いた先にあるものはこれしかなく。そしてそれが扉だと、リーリンにはわかる。

その先にあるのだ。

いや、いるのだ。

アルシェイラの言葉が続く。かつてシノーラ・アレイスラという名前でリーリンの通う学校にいた彼女が、本当はグレンダンを支配する女王だった。

その事実は驚《おどろ》きを伴《ともな》う。もちろんあの時、リーリンは驚いた。だけど、リーリンの目は、彼女が真実を話すよりも先に、全《すべ》てを見通してしまっていた。

この右目が、シノーラ・アレイスラがアルシェイラ・アルモニスであることを見抜《みぬ》いていたのだ。

「この奥にいるのはこの世界の原初に関《かか》わる者。自律型移動都市の最初の一つ。オリジナルの電子精霊《せいれい》。いえ、それはこの世界での類別にすぎない。電子精霊の原初。人類の最初の守り手。電子精霊はその変異コピー。そういう言い方が正しいでしょうね」

アルシェイラの言い方は、実はそんな言葉にはなんの意味もないと語っている。この奥にいる者を説明するのに、それは正しいようで正しくはない。

右目は知っている。

彼女は役割としてこの世界を作ることに関わり、役割のためにこの世界に人類を再生させ、役割として守り続けた。

だが、彼女が望むことは違う。失われた役割を取り戻《もど》させてくれた存在を望んでいる。それを待つためにいまもいる。実は彼女にはこの世界の運命そのものはどうでもよく、ただ、彼《かれ》の無事な帰還《きかん》を願っているに過ぎない。

彼とはこの右目の本当の持ち主。リーリンに宿っているのはその影にすぎない。

その影の根本は……

「本当に、いいんだね？」

アルシェイラの確認《かくにん》の言葉に、リーリンは我に返った。

「これから起こることは、どうせ本番じゃない。本当に大変なことが、わたしたちが生きている間に起きる保証はない。この扉をくぐる必要もなく、あなたが知る必要もないかもしれない。それでも？」

　尋《たず》ねられると胸が締《し》め付けられる。

「……わからないんですよね？」

「ん？」

「なにもわからないんですよね？　もしかしたらこれから起きることが本番かもしれない。影がそのまま本物とすり替《か》わるかもしれない。そうでなくても、次が、本当の本当がすぐに起きるかもしれない。そうなんでしょう？」

「そうね。それは否定できない。ことは動き出した。だけど、その進行がどんなスパンでくるかわからないしね。こちらとむこうの時間の流れが違うかもしれないし、急いだつもりで百年経《た》ってましたなんてこともあるかもしれない」

「……しれない、ばっかりじゃないですか」

「そうね。なにしろわからないから」

「なら、いまできる最善をするべきだと思います」

「それは正しい選択《せんたく》ね。でも、本当に良いの？」

　繰《く》り返されるアルシェイラの言葉は鋭《するど》く突《つ》き刺《さ》さる。最初の言葉よりも次の言葉の方が深く鋭く突き刺さる。

　深く深く、突き刺さる。

胸を抉《えぐ》り、呼吸ができなくなる。

「……なんで、そんなことを聞くんですか？」

「いま必要なのは、万人が納得《なっとく》できる『正しい』じゃないでしょ？」

「………」

「いま必要なのは、あなたが本当に『正しい』と感じる選択肢《せんたくし》。そうでしょ？」

胸の辺りにある服の生地《きじ》を摑《つか》み、握《にぎ》りしめ、痛みを堪《こら》える。アルシェイラの言葉は納得したくないことを強制してくる。なぜならそれは、いまのリーリンが一番に欲《ほ》しい言葉で、そして一番、従ってはいけない言葉でもあるからだ。

だが、言葉の誘惑《ゆうわく》は痛みとともに心に染《し》みこんでくる。気持ちを締め付ける想像上の紐《ひも》が解けそうになる。

そうなのかもしれない。

いや、それが『正しい』というのは、とっくにわかっている。

だけど、納得してはいけない。説得されてはいけない。

そうされるということが、どういうことになるのか、それさえもう、知っているではないか。

「だから、わたしは……」

歩みを再開する。

壁へ。そこにある扉へ。

「ねぇ、わたしは生まれたときからこうなることを知っていた。だからいまさら、覚悟《かくご》とか迷いとかなくこの道を進める。だけど、リーちゃんは違うのよ。突然《とつぜん》知って、突然、関わらされている。生まれたときからそうだったとしても、知ったのがいまなら、それは関係ない。止めても、誰《だれ》も責めない。わたしが責めさせない」

「……ありがとうございます」

だけど、歩みは止めない。

この道を進めばいいのだ。

そうすれば……もう、関わらなくて良いのだから。

†

ニーナ・アントークは、眠《ねむ》りの中にいた。

黄金の牡山羊《おすやぎ》がそばにいる。まばゆい光を放つ獣《けもの》は、じっと、ニーナをうかがうように少し離《はな》れたところからこちらを見ている。

ここは、どこだ？

現実の場所ではない。すくなくとも、ニーナのよく知る場所ではない。ツェルニのどこでもない。シュナイバルでもない。ニーナの知る場所ではない。

現実の場所ではない。なぜならニーナは、自分が眠っていることを知っているからだ。

廃貴族《はいきぞく》。

それだけが、ニーナを見つめている。

「お前は……」

近づこうとすると、同じ距離《きょり》だけ牡山羊が遠退《とおの》く。牡山羊が動いているようには見えない。つまりそれは、自分と牡山羊の間にある潜在《せんざい》的で精神的な距離ということだろう。おそらくは。

つまりこれは、夢の中ということなのだろうか。

眠っているのだから、そういうことなのだろう。

ここにはなにもない。ただ暗さだけが全《すべ》てを占《し》め、貼《は》り絵のようにニーナと廃貴族が浮《う》き上がっている。

沈黙《ちんもく》のまま、時間が流れていく。いや、時間は存在するのだろうか。夢の中でどれだけ長い時間を過ごしたと思っていても、夢を見た期間はほんの数秒という話もある。夢の中では時間の流れに意味はないのかもしれない。だとすれば、いまここに存在する無為《むい》な沈黙は長くないのかもしれない。

だが、ニーナは長いと感じる。なにかを始めなければこのままなのかもしれないと、不安に思う。

「お前に、名前はあるのか？」

彫像《ちょうぞう》のように動かなかった牡山羊が、動きを見せた。

ほんのかすか、身じろぎするような揺《ゆ》れだった。

「お前も電子精霊《せいれい》として都市の意識だったことがあるのだろう？　わたしが見た、あの都市がお前の都市だったのだろう？　お前にも、名前はあるのだろう？」

「我、すでに復讐《ふくしゅう》の刃《やいば》、憎悪《ぞうお》の炎《ほのお》。名に意味はない。我を使う者を、使える者を求める、ただの力だ」

「それが、わたしなのか？」

「いまは、そうだ。我はお前を見据《みす》える。我を復讐の刃として完成させる者か、憎悪の炎として極炎《ごくえん》に達せられる者か。そしていつか見た、あの禍々《まがまが》しき獣へと変貌《へんぼう》させられる者か。そしてそれを超《こ》えられる者か。我はそれを見据える」

「お前たちの敵は、なんなんだ？」

ハイアたちによってその存在を知らされたとき、廃貴族とは暴走した力だと思った。都市を滅《ほろ》ぼされた憎悪によって変質し、武芸者に力を貸す危険な力。その矛先《ほこさき》は汚染獣《おせんじゆう》たちだと思っていた。

だが、廃貴族によって学園都市が暴走したとき、ニーナは自らの中に廃貴族を受け入れた。あの時はツェルニの助けがなければその力を制御《せいぎょ》することもできなかった。

そして、受け入れたと同時に、ニーナはマイアスという都市にいて、狼面衆《ろうめんしゅう》との戦いに巻き込《こ》まれた。あるいはなにか大きな力の流れによって自動的に狼面衆と敵対した。

それはディックに関《かか》わったからだと思っていた。マイアスで進行していた狼面衆の企《たくら》みを止めるために、ディックに関わったことでニーナに植え付けられた因果のようなものが原因なのかと思っていた。

だが、もしかしたら違うのかもしれない。

あの時、自分がマイアスに移動したのは、ディックとの因果だけではなかったのかもしれない。あるいは、この二つが重なり合って、はじめてあの時の移動があったのかもしれない。

廃貴族の力がニーナの中にあって、はじめてあの時のことは起きたのかもしれない。

「この世の破《は》壊《かい》を望む負の物質。それを撒《ま》く者。その意思を具現化させようとする者たち。我らはこの世界の者。この世界で生きる者。この世界の生存をかけて戦うは、当然」

「狼面衆も」

「当然だ」

「奴《やつ》らは、一体なんなんだ？」

「…………」

「奴らはなにかをしようとしている。それはわたしにだってわかる。なにか悪いことだ。電子精霊を、都市の死をなんとも思わないような連中だ。奴らを倒《たお》さなければならないのはわかる。だが、奴らがなにをしているのか、わたしにはわからない」

「…………」

廃貴族は沈黙する。

「奴らがなにを目的にして活動しているのか、それがわからない。お前は知っているのだろう？　それなら教えてくれ」

「…………」

廃貴族は沈黙する。

「教えてくれ。わたしは知らない。敵となる者のことをなにも知らない。悪いというだけでは納得できない」

「…………」

廃貴族は、沈黙する。

その沈黙になんの意味があるのだろう？　全てを教えてくれればいい。戦うべき相手は誰なのか、戦うべき目的はなんなのか。

この世界は、汚染獣という眼前の脅威《きょうい》以外に、なにを抱《かか》えているのか。

それを知りたい。

「お前の怒《いか》りを、わたしは聞いた」

ツェルニでの戦い。巨人《きょじん》との戦いでのことだ。

絶望的な中で、なおも戦おうとする武芸者たちの声だ。それは廃貴族にとって絶望と憎悪にいたる光景だったはずだ。なにもできない自分を呪《のろ》ったはずだ。人々を生かすために動き回る都市の意思として存在しながら、それを全《まっと》うできなかった末の光景のはずだ。

己《おのれ》の無力さを叩《たた》きつけられた光景のはずだ。

その絶望を糧《かて》に、廃貴族はいまここにいる。汚染獣と、狼面衆を、それ以外にいるのかもしれないこの世界の敵と戦うために、自らの力を扱《あつか》える武芸者を探していたはずだ。

そしてその結果として、いま、ニーナに宿っているはずだ。

それなのに、どうして教えてくれないのか。

「……わたしも、自らの無力に何度も嘆《なげ》いた」

胸を押《お》さえる。その奥《おく》に宿る記憶《きおく》の痛みを思い出す。

無力の記憶はシュナイバルから始まる。幼い電子精霊を救えなかった。そして修行《しゅぎょう》のためにシュナイバルを出、ツェルニに来た。しかしここでも、ニーナは無力だった。武芸大会で敗北し、ツェルニは資源に困窮《こんきゅう》するようになった。

次は負けない、次の武芸大会こそは、そう思って鍛《きた》え続けた。もっと自分の意思を貫《つらぬ》きたいとニーナを認めてくれていた第十四小隊を抜《ぬ》けて、第十七小隊を新しく作った。同じ時期に第十小隊を抜けたシャーニッドを誘《さそ》い、そして会長の推薦《すいせん》でフェリが入った。ハーレイが隊の錬金鋼《ダイト》調整を引き受けてくれ、人が足りないまでも第十七小隊は動き出した。

不安はあった。間違《まちが》っているかもしれないと。こんな状況《じょうきょう》で自分の意思を貫くのは間違っているのかもしれないと。技量としてそこまで抜きんでているわけでもなく、作戦立案能力も高いというわけではない。大人《おとな》しく己の能力を十分に引き出してくれる小隊長の下で努力するのが正しいのかもしれない。

そんな不安がずっとあった。

解散すべきかもしれない。そう考えたことも一度や二度ではない。だが、それら全《すべ》てを弱気《よわき》と飲み下してやってきた。

そして、レイフォンがやってきた。

彼の存在は眩《まぶ》しく、そして、その強さはニーナの意思を正しい選択《せんたく》へと導いてくれた。いろいろあったがマイアスとの武芸大会に勝利し、ツェルニは資源的困窮から脱《だつ》することはできた。まだ武芸大会の期間が終了《しゅうりょう》したわけではないが、このままなら負けることはないだろう。ツェルニは危機を脱するのだ。

だが、そこでニーナはなにができたのだろう？

第十七小隊を作った結果が良かったのかどうなのか？　ニーナの意思を反映させるための小隊は、この戦いでなにか寄与《きよ》できたのか。

レイフォンがいれば、他はどうでも良かったのではないのか？

「やはりわたしは、なにもできなかったのではないのか？　いまでもわたしはなんの意味もない無力な存在なのではないのか？　おまえはわたしの中にいることを選んだのか？　だがしかし、あの力はお前の力だ。廃貴族。わたしはお前の力を実現させるためのただの道具で、やはりわたしは無力なままなのか？　だからお前は、わたしにはなにも言わないのか？」

胸が痛い。吐《は》き出せば吐き出すほど、胸が痛くなる。なにかをなしたくてシュナイバルを出た。だがいまだに、ニーナはなにもなしえていない。レイフォンに嫉妬《しっと》をしている自分に気がつく。そんなレイフォンを嫌《きら》いになれない自分に気がつく。そんな己を、醜《みにく》いと思う自分がいる。

カリアンに責められたとき、レイフォンが戦いをニーナに預けていると言われたとき、本当はどう思った？　そして巨人との戦いで廃貴族《はいきぞく》の憎悪に身を任せそうになったとき、そんな自分をどう思った？

子供のようなわがままだけで、自分はここにいるのか？

「……無力を知る者よ」

暗い思いに沈《しず》もうとしたとき、廃貴族が声を発した。

「そして電子精霊の心を知る者よ。汝《なんじ》に宿る感応に間違いはなかった。だが、お前にはまだ決意が足りない。この世の地獄《じごく》を見るかもしれない、未来への決意が足りない」

「決意？　なんの決意だ」

「戦うことへの決意です、幼き武芸者よ。そして、我《わ》が子となった者よ」

それは、廃貴族の声ではなかった。

この暗闇《くらやみ》に、不可思議な夢の中に、新たな存在が入り込んできた。

「お前は……」

それを見て、その存在を見て、ニーナは息を呑《の》んだ。

あまりに美しかったこともある。

そして意外だからでもあった。

それは、人間の感覚で見れば美しさと醜さの微妙《びみょう》な境目にいた。人の形をし、そして人の形を崩《くず》していた。腕《うで》の代わりに翼《つばさ》があり、長い髪《かみ》には尾羽《おばね》のような長い羽が混ざっている。体の各所からもその羽は生え、足は鳥のものだった。

半獣半人《はんじゅうはんじん》。

「シュナイバル？」

それは幼いときに見たシュナイバルの姿そのものだった。

「偉大《いだい》なる母よ」

廃貴族が彼女をそう呼んだ。シュナイバルは淡《あわ》い笑《え》みを浮《う》かべ、廃貴族を見、そして別の場所を見た。

「メルニスク、苦い記憶をあなたに負わせました。さあ、他の者も、隠《かく》れていないで姿を現しなさい」

彼女の言葉で変化が促《うなが》される。世界が暗いのはそのまま。だが、この世界に貼《は》り付けられる絵がさらに二つ増えた。

一つは、長毛の四足獣。

そして……

ファルニールからなにかを得て成長した電子精霊《せいれい》がニーナの隣《となり》にそっと現れた。

「ツェルニ？」

「過酷《かこく》な運命を選んだ三つの子たち。揃《そろ》うのは今日が初めてでしょうか？」

「縁《えん》によって繋《つな》がっている我らに、初対面などという言葉はありませんな」

シュナイバルの言葉に答えたのは、長毛の四足獣。

「そうですね、グレンダン。しかし、妾《わらわ》自身がこの娘《むすめ》を通しているとはいえ、他の者はそうではない。これは初めてでしょう。ならばこれは、記念すべき瞬間《しゅんかん》です」

メルニスク。シュナイバルは廃貴族をそう呼んだ。それが、廃貴族の名か。

そして、あの長毛の四足獣を、グレンダンと呼んだ。

槍殻《そうかく》都市グレンダン。その廃貴族。ゴルネオは言った。グレンダンには別に電子精霊がいる。眠《ねむ》っている真の意思という存在がいる。

この長毛の四足獣が、そうか。眠る真の意思に代わり、槍殻都市を動かし続けてきた廃貴族が、この獣《けもの》なのか。

そして、ツェルニ。ややうつむき気味にニーナの隣にいる電子精霊が、どうしてこの二者と同じようにこの場にいる？

どうしてシュナイバルは「過酷な運命を選んだ三つの子」と言った？

ツェルニはなにを選んでいるのか？

「グレンダン。サヤは目覚めましたか？」

だが、ニーナのそんな戸惑《とまど》いを置いて、シュナイバルは話を先に進める。

「いえ。ですが近いでしょう。茨輪《いばらわ》の十字を刻む者はすでにあり、力持つ者もすでにいる」

「本来は一つとなるべき者ですが、運命はそう簡単にはいきませんか」

「そうですね。ですが、この状態が、今後にどう左右するかはわかりません」

「影《かげ》は二つに分かれた。本来なら起こりえない事態とも言えますが、同時に全てが初めてのことでもある。なにが起こるかは、やはり起こってみないことにはわからないのでしょう。妾の心配も、あるいは杞憂《きゆう》に終わるかもしれない」

「終わらないかもしれない。だからこそ、備えておくべきかと」

「その通りです。そして、ツェルニ」

シュナイバルの視線がツェルニに注がれた。幼い姿の電子精霊は、臆《おく》することなくシュナイバルを、全ての電子精霊の母を見た。

「闇の側に立つことを選んだあなたは、全てを見てきたはずです。彼女はどうでしたか？」

ニーナはツェルニを見た。喋《しゃべ》ることのなかった電子精霊が話している。廃貴族、メルニスクの声は聞いたことがあったが、他の電子精霊がこんな風に喋るなんて思ってもいなかった。

ツェルニも喋るのか。だとしたら、その声はどんな声なのだろうか？

場違《ばちが》いな気もしたが、そのことがひどく気になった。

「……あの人は、昔からなにも変わりません」

ツェルニの声は人に安らぎを与《あた》えるような優《やさ》しい声だった。

「昔通りに、自分に正直な人です」

「それは妾も知っている通りの人物ということか？」

シュナイバルの声には、どこか優しさがあるように思えた。

「さあ、それは。お母様の知っているあの人を知りませんから」

「では、お前はあれを、どのように感じているのか？」

ツェルニは胸の前に手を組み、そしてニーナを見て微笑《ほほえ》んだ。どういう意味だろうと考える。そもそも闇とは……

考えて、すぐに頭に浮かんだ。闇。その単語で頭に浮かぶのは、あの魔的《まてき》な美しさを持つ少女しかいない。ニーナから去ったと思った廃貴族……メルニスクを戻《もど》したあの少女。

彼女が、いまここで話題になっている闇なのだろうか。

「自分に正直な人です。わたしと出会ったときからそれは変わりません。好きなものは好き。嫌《きら》いなものは嫌い。はっきりしています」

「あなたは好かれているのね」

シュナイバルに言われ、ツェルニはいつもの溢《あふ》れ出すような笑みを浮かべた。

それは、間違いなく、ニーナの知っているツェルニだった。

「ですから、わたしは全面的に彼女を応援《おうえん》します。そして、ニーナも」

付け足される形ではあったが、話題の場にニーナが挙げられた。

「ふむ。グレンダンは？」

「この娘の情報はすでにあなたから得ている。気性《きしょう》も変わってはいないようだ。変わらぬことが美徳であるとは思わないが、貫くものがあるのであれば、それは強さとなるだろう」

「二つの電子精霊がそれを認めた。しかし、最終的な決定権はあなたにある。メルニスク。そしてあなたにも、ニーナ・アントーク。シュナイバルを守る騎士《きし》の子よ」

シュナイバルの視線がメルニスクに注がれる。黄金の牡山羊《おすやぎ》は、彼女の視線を受けてうなだれるように複雑に曲がる角を動かした。

「我は……」

「グレンダンとともに滅《ほろ》びを知る哀《かな》しい子。絶望を経《へ》ても、なお死を選べぬ哀《あわ》れな子。あなたがこの子を選びきれぬ理由はなにか？」

「……」

「復讐《ふくしゅう》の炎《ほのお》に身を燃やす、あの獣を見たが故《ゆえ》か？」

「……」

「そうであろう？　だが、あの獣にはなれぬ。なってはならぬ。あれは同じ形をしながら同じではない。この世界にあって、サヤ以外には存在しないはずの、妾の子ではない電子精霊。いや、あれは電子精霊ですらない。あれは、サヤと同じ側に属するもの」

「……」

「ツェルニも知っているであろう？　あれを育てたのはお前の保護した闇。あの獣がなにをするのか、わかっておるであろう？」

「それは……」

「狼面衆《ろうめんしゅう》と戦っている間は良い。それは食い合いのようなものだからだ。だが、あの獣の牙《きば》がその後、どこへ向かうか。向かっているのか。わかっているのであろう？」

「……」

ツェルニも黙《だま》り込《こ》む。その顔には思い悩《なや》む様子があった。

そして同時に、彼らがなにかを警戒《けいかい》しているように思えた。

「……約束という繋がりがある彼らとは違い、妾たちにはなんの指標もない。だがそれは、なにをしても良いということにはならぬ。伝説の終わりに待つものを切り抜《ぬ》けるためには、伝説の側に立つものを目指すべきではない」

「伝説の終わり……？」

シュナイバルの言葉はなにを意味しているのか？

それが、電子精霊の目指すものなのか？

いや、電子精霊たちは、なにかを目指しているのか？

メルニスクの目指すものは、この廃貴族一体に根ざす復讐心だけではないのか？

「ツェルニ……？」

「…………」

ツェルニを見る。学園都市に訪《おとず》れてできた、最初の友達《ともだち》を見る。

だが、彼女もなにも語らない。

ここは夢の中。

ニーナの夢の中。

そのはずだ。

だが、この沈黙《ちんもく》を、重い沈黙を晴らす方法が、ニーナには見つけられない。

目覚めることができない。

†

闇《やみ》がそばにいる。

「なんだ？　出てきたのか？」

「だって、楽しそうじゃない？」

景色《けしき》が低い場所にある。それを見下ろしながら、ディックは顔を覆《おお》う仮面を外した。空気に溶《と》けるように、それは手の中から消えていく。獣を模した面。消える瞬間、その牙が大きく覗《のぞ》いた気がした。

「ついでに、なにが起きているのか説明してくれてもいいんじゃねぇか？　ずいぶんと、お前に合わせて踊《おど》ってやったつもりだが？」

「あら、飼い犬なんだから、飼い主の命令に従うのは当然でしょ？」

「ちっ」

舌打ちをつき、ディックはその場から立ち上がった。

グレンダンの、足の上。

エアフィルターの噴出口《ふんしゅつこう》の端《はし》に立ち、ディックはその街並みを見下ろす。

「これが、世界で最初の自律型移動都市、か」

「そうよ。何度か来てるでしょ？」

「その度《たび》に痛い目に遭《あ》わされた。ゆっくり見物してる暇《ひま》なんてなかったな」

「あなたにとっては懐《なつ》かしい顔がいくつかあると思うけど？」

「忘れたね。覚えてることに意味はねぇ。向こうも覚えてないしな」

「懐かしむ間柄《あいだがら》にはなれない。悲しいね」

強い風が吹《ふ》き付けてくる。髪《かみ》を強く引っ張られ、隣のニルフィリアのスカートをふわりと揺《ゆ》らす。そんなもので済むはずがないのだが、闇は自らが無様になるものは受け入れない。たとえそれが自然法則であったとしても、それは変わらない。

「ちなみにそれって、センチメンタルごっこか？」

「わかる？」

「似合《にあ》わねぇ」

「ふん」

吹き付けた風を鼻先で受け止め、ニルフィリアがグレンダンを見下ろす。

「ところで、獲物《えもの》の方も入ってきたみたいだけど？」

「狩《か》るさ。それがおれのやることだ」

「あの娘は？」

「それも取り返す。あれはおれの女だ」

「あら、いつからそうなったの？」

「おれのやろうとしたことに、邪魔《じゃま》が入った時点で、だ」

「困ったわねぇ。あれはツェルニのお気に入りなんだけど」

「泣かないように子守歌でも歌ってやれ」

「もうそんな歳《とし》じゃないんだよね」

「じゃあ、とっておきのぬいぐるみでも用意しな」

「ふう、困ったわね」

眼下には静けさがある。学園都市との接触《せっしょく》という異常事態が一段落し、シェルターから都市民たちは戻ってき、普段《ふだん》の生活に戻ろうとしている。学園都市もそれは同様で、学生たちは荒《あ》れ果てた都市の再興を始めようとしていた。グレンダンの都市民たちも初めての事態に戸惑《とまど》いを見せながらも、未熟者たちの集まりである学園都市になんとか手をさしのべようと、交流を禁じられながらもなんとか向こうの状況《じょうきょう》を知ろうとしている。

とても静かな光景だ。

これから嵐《あらし》がやってくるなど、誰も想像できていないだろう。

嵐はもう、過ぎたと思われているのだから。

「ところで聞くのだけど、あなたの狩りはいつ終わるのかしら？」

ニルフィリアの目が都市からディックの背に向けられた。

「狩り尽《つ》くしたときだろう。狡兎《こうと》死して走狗《そうく》を煮《に》るというのなら、今度は飼い主が獲物になるだけだ」

そう答えた時のディックの背から青い剄《けい》が揺《ゆ》らぎ零《こぼ》れた。青い剄。復讐の炎。このところ低調気味であったようだが、少しずつ復調しているのかもしれない。

背から、今度は空へと視線を変える。

色の濃《こ》い青空の奥《おく》に、うっすらと月が浮《う》かんでいる。

「あるいは、近づいているのかしらね」

たとえ太陽が東から西へと移動し続けようとも、月は変わらずそこにあり続ける。

「どう？　あなたの牙はずいぶんとすり減っているようだけれど？」

「なら、新しい牙を生やすだけだ」

ディックの手に錬金鋼《ダイト》が握《にぎ》られる。まだ、復元はされていない。ニルフィリアの与えた新しい錬金鋼《ダイト》。どれほどの剄がそこに注《つ》ぎ込《こ》まれようとも、決して砕《くだ》けることのない不滅《ふめつ》の金属。それを握りしめて幾《いく》百の戦いを続けたか。

その牙は決して砕けない。錆《さ》びることもない。ニルフィリアが死ぬときが来ない限り、その錬金鋼《ダイト》は永遠だろう。

だが、錆びている。それは錬金鋼《ダイト》ではなく、ディックがだ。その心に宿る牙が、だ。だがその錆びた理由はディックにあるのではない。ニルフィリアにあるのではない。心そのものは錆びていない。技術も錆びてはいない。

だが、錆びている。

錆《さび》は確実にディックの内奥《ないおう》に食らい込み、徐々《じょじょ》に芯《しん》を浸蝕《しんしょく》していく。

「さて、行くか」

ディックが足から都市へと飛び降りる。

しかし、その滅《ほろ》びを黙《だま》って受け入れるのも彼の意思なのだ。

「それもまた、あなたにとっては素敵《すてき》なことなのでしょうね」

†

ひどく不満だった。

なにが不満かと言えばなにが起きているのかわからないことが不満だった。

わかっていることとわかっていないことを頭の中で整理し、並べてみても結論ははっきりとはしない。わかっていないことが多すぎるからだし、そしてわかっていることの数は少なく、抽象《ちゅうしょう》的なものが多いからだ。

だが、それでも、予感のようなものはある。

「まったく……」

クラリーベルは王宮を歩く。

久しぶりに影武者《かげむしゃ》ではない本物の女王を見たかと思えば、彼女は見知らぬ、クラリーベルと同い年くらいの少女を連れてまたどこかに行ってしまった。リンテンスも、なにやら見知らぬ少女を連れ帰っていた。いや、あれはどう見ても連れ去って来たとしか思えない。グレンダンの接触点《せっしょくてん》には見たこともない学園都市がある。あそこの生徒だろうか？　昨夜は汚染獣《おせんじゅう》たちのちょっと行き過ぎたらんちき騒《さわ》ぎがあった。そのおかげでぼろぼろだが、無事なようだ。同年代の少年少女でのみ構成された都市なのだという。興味があって覗《のぞ》きに行こうかと思ったが、それは祖父に止められた。

「なんだっていうんですか」

意味がわからない。

だが予感はある。

渡《わた》り廊下《ろうか》で足を止める。都市の一部を見渡すことができる。

いつものグレンダンの風景だ。無味乾燥《かんそう》としていながら、活気は内に秘める。街に下りてしまえば意外な活気が充満《じゅうまん》していることはわかっているのだが、こんな場所から街並みを眺《なが》めているだけでは、とても静かに感じてしまう。建物《たてもの》の具合が音を外に出さないようにしているのだろうか。あるいはこれもエアフィルターの影響《えいきょう》なのだろうか？

すぐそこにある学園都市では、こんなことはないのだろうか？

抑えられた興味が再び湧《わ》く。

「行ってみましょうか？」

祖父には行くなと言われたが、その言葉を聞くか聞かないかはクラリーベルの自由だ。見つかった後でお小言だけで終わるか、それとも厳しい懲罰《ちょうばつ》が待つか……どちらにしてもそれを受けるのもクラリーベルだ。

ならば行ってもいいのではないだろうか？

そんなことを考える。

それに、あの都市にはレイフォンがいるというではないか。

「レイフォンか。確かめたいこともありますし」

考える。自然、腰《こし》の錬金鋼《ダイト》に手が伸《の》びる。

学園都市に行ってしまおうか。そんな誘惑《ゆうわく》が、ずっとクラリーベルの背中を押《お》している。そこにいるのだ、レイフォンが。わずか十歳《さい》で天剣《てんけん》となり、そして天剣としてはおそらく初の都市外追放となった者。

「わたしの得られない天剣を持ったことのある人……」

彼の経歴にはなんの興味もない。彼が天剣となってなにをし、そしてなにを行ったか。武芸者としてあるまじき行為《こうい》……そんなものには興味もない。なぜならすでに調べたからだ。十分に調べ、そして彼が殺し損《そこ》ねたガハルドがなにを彼に持ちかけたのかも知っている。グレンダン三王家はじめ、天剣たちも知っているはずだ。

だが、それでも都市民は宥《なだ》められない。天剣の潜在《せんざい》的な恐《おそ》ろしさを、彼は都市民に教えてしまった。暴走したときの恐ろしさを、その一端《いったん》とはいえ教えてしまった。天剣は天剣でしか抑《おさ》えられない。そして天剣たちを超越《ちょうえつ》した女王は誰にも抑えられない。

彼らが本気を出せば、都市さえも破壊《はかい》しうる。

そんな彼が、グレンダンからいなくなってしまった彼が、いま、知識の集積地にして未《み》熟者《じゅくもの》どもの集まり、学園都市にいる。

未熟者故《ゆえ》に、どう化けるかわからない者たちと共にいる。

彼は完成品か？　あるいはいまだに未熟者だったのか？

試《ため》したい。そして、確かめたい。

「なんでしょう。今日は……」

都市を見下ろす。そして空を見る。

己《おのれ》を見る。

背中に弱い電気がずっと走っているような、そんな感触《かんしょく》がずっとしている。ここだけではない。自分だけではない。都市の各所からもそれはしている。静まりかえったグレンダンの街並みに埋《う》もれながら、それは波紋《はもん》を見せないまま水面下を小刻みに震動《しんどう》させている。

ざわざわしている。

空気がささくれ立っている。ちょっとしたことでなにもかもがどうでも良くなるような、そんな危険な状態のような気がする。誰も彼もが、武芸者の本能的な律を忘れて暴れたがっているような、そんな空気だ。

だが、いまのところ小さな悶着《もんちゃく》一つ起きていない。グレンダンの武芸者に空気に任せるままに暴れるような愚《おろ》か者がいないからか？

あるいは、こんな空気さえもこの後にやってくる嵐に比べればたいしたことがないと思っているからか？

それでも……

「クララ、なーにしてんだ？」

「あら、先生」

呼びかけられた方向を見ると、そこに彼女の師がいた。

トロイアットだ。

「御出撃《ごしゆつげき》だったのでしょう？　寝《ね》ていないとは珍《めずら》しい」

「あー、ちとベッドに飽《あ》き気味でな。本能も刺激《しげき》には慣れちまうらしい」

「いまさら恋愛《れんあい》主義に？」

「それもなー」

師の性格を心得ているクラリーベルは、肩《かた》をすくめるだけにとどめた。

「それで、レイフォンはいましたか？」

「あー？　いや、おれは見てない。リンテンスの旦那《だんな》とかルイメイの旦那は会ってるみたいだけどな。あー、あと、サヴァリスが重傷と笑える話だ」

「サヴァリス様が？」

「天剣持ってなかったとはいえ一騎《いっき》打《う》ちで首と胴《どう》がさよならしかけた。リンテンスの旦那が縫《ぬ》わなかったら死んでたな」

「……レイフォン、ですか？」

「みたいだ。おとなしく骨抜《ほねぬ》きになってりゃいいものを」

「強くなってましたか？」

「さて、そりゃどうだろうな。昔と変わらないと言えば変わらないが、いまいち尖《とが》りがなかったなって感じもするしな。ま、変わらないことがいいことだとも思わんし、だからといって変わることが唯一《ゆいいつ》の成長とも思わん。こういうのは場合によりけりだ」

「結局、なにが言いたいのですか？」

「不安定ってな。リンテンスの旦那にしかけてった終盤《しゅうばん》は、なかなかよかったが」

「リンテンス様に？　では……」

もう、死んだか？

「生きてるんじゃねぇかな。旦那の甘《あま》さに期待じゃないが、どうも死んだ空気じゃなかった。ま、あいつの生き死にはけっこうどうでもいいが。クララはそうでもないか？」

「あなたに師事して五年。それなりに身につけたつもりです」

腰の錬金鋼《ダイト》に手が伸びる。触《ふ》れる。剄《けい》を注ぎ込みたくなる。だがまだだ。火花を散らして、大気中に充満《じゅうまん》した液化セルニウムのような緊張《きんちょう》を燃焼させるにはまだ早い。

「ピッリピリしてるなー、なにが起きるかもわかりゃしないのに」

「そんなことはどうでもいいんです。わたしは。どうせ祭りの中心にはいられないのでしょうし」

「へー？」

「そういう祭りでしょう？　選ばれた者だけが向かう戦場。好きで生まれたわけではありませんが、これでもロンスマイア家ですから」

「それで？　櫓火《やぐらび》囲んでダンスしてるぐらいなら意中の彼と草むらで遊びたいってか？」

「楽しめるものでしたら」

「おっかない火遊びが好きな連中が多すぎて嫌《いや》んなるね、この都市は」

「先生は、どうお考えで？」

「どういう答えを望んでる？」

「そうですね。聞いたのが間違《まちが》いでした」

そんな答えを聞かせてくれるような師ではない。いや、そんな答えを聞こうと思う時点で、自分は甘えているのだろう。

トロイアットに挨拶《あいさつ》し、廊下《ろうか》を渡りきる。彼はクラリーベルに代わるようにそこからグレンダンを眺めている。

レイフォン・アルセイフ。

レイフォン・ヴォルフシュテイン・アルセイフ。

ほんの一つしか年が違わない少年。

それなのに、クラリーベルよりも認められていた武芸者。

そして……

そして………

「覚えていますかしら？　わたしのこと」

試したい。

確かめたい。

二つの欲に押されて、クラリーベルは考える。その欲に任せたら、果たして自分はどこに辿《たど》り着くだろう？　そんなことを考えた。

†

扉《とびら》を抜けると、一人になったと感じた。

アルシェイラは付いてきていない。扉は開かれたままだ。なにかあればすぐに駆《か》けつけてきてくれるだろう。だが、そういう心強さは、この場所ではなんの意味もないように思えた。

薄《うす》青い闇《やみ》は変わらず続く。

しかし、空気は変化した。なにかがここには満たされている。その因子はリーリンの抜けた扉から一筋も零《こぼ》れずにこの場にとどまっている。目に見えない粒子《りゅうし》が光を反射し、そして決して消滅《しょうめつ》させないかのように、静謐《せいひつ》としている。

リーリンを取り巻いている。

ここにはたった一つのものしかない。

ベッドだ。

古い、ベッドだ。

天蓋《てんがい》付きの細密な装飾《そうしょく》がなされたベッドだ。シーツは時を忘れたかのように青い闇を透《す》かしている。クッションが山のように積まれ、そしてそれは、一つの刻印のように眠《ねむ》っていた。

少女だ。

夢の世界の住人がここに眠っている。ツェルニで見たあの少女だ。

この子が、サヤだ。

見ていると透き通るような気持ちになる。全《すべ》てが夢幻《むげん》でなにもかもが消えてしまいそうになる。目の前の眠り続ける少女が消えるか、あるいはそれ以外のものが全て溶《と》けてしまうかしてしまいそうな感覚に襲《おそ》われる。この子を現実として認めてしまうということは、そういうことなのだと思ってしまう。

そうでなければ、この少女の存在と現実との間に折り合いが付けられないような気持ちになってしまうのだ。

リーリンは胸を押さえた。心臓が強い鼓動《こどう》を打っている。

ひどく緊張していた。

それは、なんのための緊張なのか、目の前の少女のための緊張なのか、それとも、これ以上一歩でも踏《ふ》み出せば、もう絶対に戻《もど》れない線上にいることを自覚したからか。背後にあるものを考えたからか。リーリン・マーフェスという人間の人生を考えたからか。この線を踏み越《こ》えたその時から、自分がリーリン・ユートノールと名乗ることになるかもしれないからか？　ヘルダー・ユートノール。ここに来るまでの間に聞かされた男を、父と認めてしまうことになるからか？

マーフェス。なんの意味もない言葉だ。養父《デルク》が自分のために考えてくれた名だ。字面《じづら》そのものにはなんの意味もない。だが、孤児院《こじいん》なんてものに来てしまった自分が過去を振《ふ》り返ることなく歩くために与《あた》えてくれた名だ。文字にも発音にも意味はない。だが、その存在には意味がある。

マーフェス。その言葉に引きずられる過去。孤児院での生活。レイフォンとの生活。

色々あって、色々悲しくて、そして色々楽しかった。色々辛《つら》かった。孤児だとばかにされたこともある。その度《たび》に兄たちの鉄拳《てっけん》が守ってくれた。姉たちの優《やさ》しい腕《うで》が包んでくれた。

同じように、リーリンも弟や妹たちにそうしてきた。レイフォンは鉄拳の代わりに、武芸者としての功績で弟妹たちを守ってきた。色々辛くて、色々うれしかった。父や母がいない？　それがどうした？　その代わりにわたしたちにはたくさんの兄妹《きょうだい》がいる。誰にも負けないくらいにたくさんの兄妹たちがいる。それを見守ってくれる養父がいる。

わたしたちは幸せだった。

それが壊《こわ》れた。

いや、壊れたのはリーリンではなく、レイフォンだった。誰が悪かったわけでもないと思う。思いたい。原因を見つけたとしても結果に変化はない。そしてレイフォン以外で、こんなことになる者がいるとも思えない。

それから兄妹たちはばらばらになった。いや、リーリンとレイフォンが引き裂《さ》かれただけだ。レイフォンは都市を出、そしてリーリンは進学と共に学生寮《がくせいりょう》に入った。孤児院には近寄らず、道場の方にだけ顔を見せる日々が始まった。

そのことに後悔《こうかい》は？

ないわけじゃない。だが、後悔に沈《しず》んでなにもできなくなっているわけでもない。だが、兄妹たちとはもうフォンの側に立ったことを間違いだと思っているわけでもない。レイ

会えなくなった。そしてレイフォンはいない。リーリンは一人になってしまった。

マーフェスとはそういう名だ。そういう意味を持つ名だ。悲しい色が強くなってしまったけれど、それでもリーリンとともに育ってきた名前だ。

それを捨ててしまうのか？　それだけでなく、リーリンという個人の記録など意味をなさないほどに大きくなったユートノールを名乗るのか？

その線上にいる。

少女は目覚めない。まるで、リーリンの決断を待っているかのようにその瞼《まぶた》は閉じられたままだ。

さあこの一歩だ。問題はこの一歩なのだ。アルシェイラの問いよりも、これは重い。この一歩が全てを決する。前へ踏み出せば、ツェルニで決心したことを確定的にする場所へ連れて行く。後ろへ下がれば、それら全てを忘れることができる。後始末は自分でできない。レイフォンに頼《たよ》ることになってしまう。そうなることが嫌《いや》でここに来たというのに、そうしなければならない。屈辱《くつじょく》か？　後悔か？　そういうものに彩《いろど》られながら、自分の弱さを嘆《なげ》くことになる。そしてそんな気持ちを抱《かか》えては、きっといままで通りにはできない。

壊してしまったのだ、自分から。レイフォン・アルセイフがその過去に自ら泥《どろ》を被《かぶ》せたように、リーリン・マーフェスもいま、自分がリーリン・マーフェスであることを壊したのだ。すでにひびが走っている。どれだけうまく直したとしてもそのひびが完全に消えることはない。そしてそのひびから、リーリンが目をそらせる日が来るとは思えない。

やることは、もう決まっている。

「……っ!」

唇《くちびる》を噛《か》み、一歩、踏み出した。

息が詰《つ》まる。緊張は極限に達していた。荒《あら》くなる呼吸を抑《おさ》えながらベッドに近づき、そして端《はし》に腰《こし》を下ろした。柔《やわ》らかいクッションの感触《かんしょく》がリーリンを受け止める。

ベッドの中で時間が動き、サヤが目を開けた。

「……夢を見ていました」

囁《ささや》くような声で、サヤは言葉を紡《つむ》いだ。震《ふる》えるほどに静かな声だった。夜にゆっくりと染《し》みこむような透明《とうめい》な声だ。

「あなたはその夢の中にいた。それではこれは夢の続き?」

問いかけの言葉に、リーリンは一瞬《いっしゅん》、答えに詰まった。これに答えることがどういうことか? あるいはこれは、サヤ自身からの最終確認《かくにん》なのかもしれない。

「いいえ。いいえ違《ちが》うわ、サヤ。これが現実。すくなくともわたしにとっては現実」

「そうですか」

ベッドに寝《ね》たまま天蓋を見つめ、サヤが細く息を吐《は》く。

そして、ゆっくりと起き上がる。細い足が静かに動き、リーリンの隣《となり》に腰を下ろす形にサヤの体勢を導く。

そしていきなり、リーリンを抱《だ》きしめた。細い指がリーリンの髪《かみ》をかき分け、後頭部に添《そ》われる。優《やさ》しく誘導《ゆうどう》され、そしてリーリンはそれに逆らえず彼女の胸に頭を預けた。

「あなたの辛い決意に謝罪と感謝を」

「そんなこと……言わないでよ」

喉《のど》が震えた。サヤは正確に理解していた。リーリンがここにいるということが、彼女になにを選ばせ、なにを決意させ、なにを捨ててきたかということを理解していた。

「わたしは……わたしは……」

喉が震えて、言葉にならない。弱気になってはいけない。ずっとそう思ってきた。なにを目の前にしてもそうやってきた。いまだけじゃない。リーリン・マーフェスはそうやって生きてきたのだ。弱気を飲み下して生きてきたのだ。

「すいません。ですけど、わたしから言えることはそれ以上はないのです。あなたに幾億《いくおく》万《まん》の言葉を費《つい》やしたところで、わたし個人がこの先に望むものは、どう言い訳しても個人的な希望です。そして、あなたはその希望のために辛い生き方を選んだ。感謝と謝罪以外に、なにも言えないのです」

「でも、あなたは……」

理《り》不《ふ》尽《じん》なことだ。だけれどわかっている。言葉にできないけれど、はっきり言えないけれど、わかっている。サヤは誰かを犠《ぎ》牲《せい》にするためにこんなところで眠っていたわけではない。そして、たとえその気持ちにリーリンたちのためという言葉がなかったとしても。

彼女がいたからこそリーリンたちは生きている。

彼女が謝《あやま》るべきことはなにもない。

「……あなたは、そんなことを言うべきじゃない」

「そうですか」

サヤの手はいまだに後頭部にかかっている。彼女の柔らかい指先が髪をかき分けて頭皮に触《ふ》れる。

彼女の透き通るような声。細く柔らかい指先。鼻先を過ぎていく香《かお》り。全てが現実的ではない。だが、その現実感の希《き》薄《はく》さが、リーリンが必死に構築している堰《せき》を破《は》壊《かい》する。ここは現実ではないのだからと、思わせる。

「う、うう…………」

優しく頭を撫《な》でる。

彼女はただ、それだけを繰《く》り返す。

「うあ、あ、ああ…………」

喉から声が出て止まらない。堰は切れた。それでもなんとか押《お》しとどめようとする。泣いてはいけない。そう決めているのだ。泣いても、決して弱気にはならないと決めているのだ。それを人に見せるなんて……

「あ、うぁ、ああ……」

彼女はただ、リーリンを抱き、頭を撫で続ける。

幼い頃《ころ》、良くそうしてもらっていたように頭を撫でる。

もう、止められない。

リーリンは声を放って泣いた。

頭の奥《おく》がずきずきとする。目の周りが熱くなっていて、少し恥《は》ずかしい。

それでも、ひとしきり声を放ったら少しだけ楽になった。

サヤのドレスにできた涙《なみだ》の跡《あと》が妙《みょう》に現実的で、彼女を夢の世界から少しだけ引き離《はな》したような気がした。

「大丈夫《だいじょうぶ》ですか？」

「……ありがとう」

サヤから渡《わた》されたハンカチを受け取る。上等な手触《てざわ》りに気が引けたが、涙をぬぐった。

さあ、もういいだろう。

みっともないところを見せた。だけどもういい。これぐらいはきっと、なんでもないことになる。これからはきっと、もっとひどいことになる。なんの力もないリーリンは、もっとみっともないところを見せることになるかもしれない。それを考えれば、これぐらいはどうということもない。

「さあ、話して。わたしはなにも知らない。この右目がなにかを教えてくれようとしているけど、よくわからない。この右目のこと、あなたのこと、そして他にも知らないといけないこと。色々、全部、教えて」

「はい。わかりました」

小さくうなずいて、サヤは語り始めた。

それはずっとずっと、遥《はる》か昔の話。

「願いの叶《かな》う場所、というものがあります」

「願い?」

「はい。そこに行けば、たとえどんなものでも、本人が意識していなくとも、心の奥底にある、本人さえも知らなかったような願望が叶うのです」

「そんなものが……」

「ゼロ領域。そう呼ばれています。その場所が発見されたのは地球が重大な危機を迎《むか》え、世界が大きな戦争に突入《とつにゅう》した後、戦争の原因であった資源の欠乏《けつぼう》を解決できる手段、亜空《あくう》間増設装置《かんぞうせつそうち》が開発されたからでした」

「地球?」

「この世界の根本です。そして亜空間が生まれたことによって、地球は空間的に断裂《だんれつ》してしまいました。世界を拡大することが役割である亜空間によって地続きでありながら、決して触《ふ》れ合わなくなった。この世界もそんなものの一つです。そして亜空間が変調をきたしたことで、断絶は決定的なものとなった。亜空間が空間としての形を保ったまま、その内部が形を定めないゼロ領域となってしまったために、世界は分裂してしまったのです」

そして人類は、地球という本来の大地をほとんど知らない、亜空間で生きる時代がやってきた。人々は同類たちがどうなっているかもわからないままに増設され続ける亜空間の中で生き続ける。

「そんな中で、一つの実験が行われました」

絶界《ぜっかい》探査計画と名付けられたそれは、その当時、正体の知られていなかった世界の断絶の理由、そしてもう一つ、深刻な問題となっていたゼロ領域から溢《あふ》れる謎《なぞ》の粒子《りゅうし》——オーロラ粒子と名付けられたそれによる人体の異形化問題を調査するために、ゼロ領域に調査隊を派遣《はけん》するという計画だった。

「その中にいた一人が、アイレイン。あなたの右目の、本当の持ち主です」

そして、そのゼロ領域の中に、サヤはいた。

「わたしは、あの人がいた亜空間とは別の空間、別の文化形態の中で生み出された一つの装置でした。ですが、アイレインによって発見されたこと、そしてゼロ領域での現象によって、あの人の失われた妹の姿を得ることになりました」

「妹……？　それって」

もしかして、ツェルニで見たもう一人のサヤ？

リーリンの予測をサヤは肯定《こうてい》した。

「はい。ニルフィリア。それがあの人の妹の名前です」

彼女、ニルフィリアは偶然《ぐうぜん》によってゼロ領域に落ちた。時が流れ、亜空間そのものに限界が近づいていたのだ。

「じゃあ、彼女はそこで、願いを叶えた？」

「ええ。本来なら、同時に滅《ほろ》ぶはずなのですが、そうはならなかった」

「滅ぶって？」

「人の願いというのは、整合性のとれた完璧《かんぺき》なものではありません。むしろ、そうではないからこそ、人はいつまでも叶わぬ願いを実現しようと生きていくのです。ですが、完璧ではない願いをゼロ領域は叶える。その完璧ではない姿を見せつけてしまう」

それを見た者は、歓喜《かんき》と共に達成感による脱力《だつりょく》状態となるか。

あるいは己《おのれ》の中の醜《みにく》さに絶望するか。

不完全であるが故《ゆえ》の自滅《じめつ》を目の当たりにするか。

「ゼロ領域では生きる気力を失った者は即座《そくざ》に消滅します。心の状態がそのまま存在に関《かか》わってくるのです。多くの者は、機械でさえも制作者の心を反映させ、滅びます。わたしは、滅びの中の希望として生み出されたが故に、ゼロ領域でも滅びることはありませんでした。ですが、人間にとって、あの場所に生身でいることは危険なのです。しかし、ニルフィリアは生き延びた。そしてアイレインも」

「二人はどうして、生き延びれたの？」

「憶測《おくそく》でしかありませんが、ニルフィリアは己の美しさをより多くの人々に認めさせたいと思っていました。そうして多くの者を服従させることが力だと思っていたようです。彼女の願いに際限はなかった。オーロラ粒子に叶えられるものの限界を知り、そしてそれを利用することを考えたからだと思います。

　そしてアイレインは、あの人は、妹がそんなことになっているとは知らず、ゼロ領域の中に消えた妹を助けたいと願って絶界探査計画に参加し、そしてゼロ領域の事象に従ってあの人の願いは形となり、その時その場にあって自らの役目を果たしたいというわたしの想《おも》いと共鳴し合い、わたしに妹の姿を与《あた》えることになりました。あの人の願いとは、妹を生きて助け出すことだった。そして二度と、こんなことにならないように守る力を手に入れることだった。だから、ゼロ領域から脱出できたのだと思います」

「ちょっと待って……」

　少しおかしい。リーリンはひっかかりを覚えて、サヤの語りを止めた。

「ゼロ領域は人の願いを叶える。そうなのよね？」

「はい」

「でも、それならアイレインという人の願いを、ちゃんと叶えたことにはならないわ。だって、ゼロ領域に妹はいたのでしょう？　それなら、どうして本物を彼の前に出さなかったの？」

「ゼロ領域にそんな気遣《きづか》いはできません。あの人がそこに彼女がいることをきちんと認識《にんしき》していれば話は違《ちが》ったかもしれませんが、そうではなかったでしょう。ゼロ領域はあの人の声なき願いを勝手に聞き取り、そして、勝手に実現しただけなのです。本物か偽物《にせもの》か、そんな区別もしません。ゼロ領域にそんな認識をするシステムはないからです。ただ、そこにある願いを形にしただけです。文字通り、形にしただけなのです。わたしは、その形になる過程で、本当に偶然《ぐうぜん》、巻き込まれたのです」

「じゃあ、ゼロ領域が叶えるものは偽物なの？」

「本物と偽物の区別はその人にしかできません。そして、偽物であるから満足できないかどうかも、その人しか」

サヤの顔を見て、リーリンは息を呑《の》んだ。彼女自身、その姿はアイレインという人物の願望によってできた偽物の姿なのだ。彼女が望む妹ではない。

サヤは、そのことについて長く悩《なや》み苦しんだのではないだろうか。もしかしたら、いまもそうなのかもしれない。

なぜなら、彼女が待つのはそのアイレインという人物のはずなのだから。

「ごめんなさい」

「かまいません。話を進めましょう」

絶界探査計画は潰《つい》え、アイレインは研究対象とされかけたサヤを連れて逃走《とうそう》した。そして亜空間発生装置を開発した科学者、リグザリオと出会い、彼女と旅を共にした。亜空間発生装置は長い時を経《へ》て、機能に問題が生じており、彼女はそれを修復して回っていた。だが、装置の消耗《しょうもう》は彼女の労力を上回り、そしてサヤと同じように別の世界の崩壊《ほうかい》に巻き込まれてゼロ領域をさまよっていたもう一人の科学者、イグナシスをこの世界に招くことになる。ゼロ領域で異能の力を手に入れた彼は、実験と称《しょう》して亜空間発生装置を破壊《はかい》し、数十億の人間をゼロ領域に叩《たた》き込《こ》んだ。

「そんな……」

いままでの話からして、それは死を意味している。

「彼の目的は複合的でした。魂《たましい》の証明。そしてゼロ領域に消えた人々の行方《ゆくえ》。絶望した人々が本当に消滅しているのか。そして絶縁《ぜつえん》空間とは本当に消滅した亜空間なのか」

「そんなことのために、たくさんの人々を……」

「実験は成功したのでしょう。魂の証明の結果は不明ですが、ゼロ領域に溶《と》けた人々は存在していました。そして亜空間の完全な崩壊は絶縁空間を取り去り、彼に別の亜空間への道を造るはずだった」

「だった？」

「わたしの作られた目的は、崩壊する亜空間から避難《ひなん》するためのものでした。多くの人々はわたしの中にゼロ領域に溶けた状態で収容され、そしてリグザリオの持つ装置によって新たな亜空間によって生きることになったのです」

「もしかして、それが？」

「はい。ここです」

この世界は、そんな風にして生まれた。

「ですが、それは新たな亜空間を作ることであり、存在するゼロ領域を再び絶縁空間で覆《おお》う行為《こうい》でもありました。目的を半ばで潰《つぶ》されたイグナシスはこの世界を破壊しようとし、そしてアイレインがそれを防ぎました。彼の右目による能力を使い、イグナシスや彼に協力するものたちを幽閉《ゆうへい》する空間に変化させたのです。それが……この世界にある月です」

「月……」

空にある月……それにそんな秘密が。

「しかし、月に幽閉されたイグナシスもそのままではいませんでした。彼は月の中にあってこの世界に対する憎悪《ぞうお》の念を発し、それはこの世界を人の住めない大地へと変えました」

「汚染物質《おせん》」

「はい。そしてアイレインもまた、この世界に残り、イグナシスの憎悪の念を吸収して強化されていく彼の兵器たちに対抗《たいこう》するため、自身の因子を月より降らせました」

「それが、武芸者、そして念威繰者《ねんいそうしゃ》だ」

その声は第三者のものだった。

リーリンが振《ふ》り返ると、そこに無数の仮面があった。獣《けもの》を模した、奇怪《きかい》な面だ。淡《あわ》い月光が満ちる空間に、それはまるで壁《かべ》に飾《かざ》られたかのように並んでいる。

「ツェルニの空に穴を開けることで力を使い果たしたと思っていましたが」

声の出ないリーリンに代わり、サヤの唇《くちびる》が淡々《たんたん》と呟《つぶや》く。

「この地上にいた者たちは。しかし、この空の向こうにはまだ無数に仲間たちがいる。この戦いはどう転んでも我らが勝利するのだ。ゼロ領域にはこの世界の総人口を遥《はる》かにしのぐ魂が眠《ねむ》っているのだから」

「そうであったとしても、結果まではあなたたちにはわかりません」

「…………」

「ゼロ領域で物量に意味はありません。無数の魂という力は、より強力な意思に従うのみ。それを証明したのは、あなたたちです」

「ならば、その強い意思がゼロ領域に訪《おとず》れないよう、この世界で決着を付ければよいだけの話」

仮面たちから次々と体が現れる。同じ衣装《いしょう》、同じ背丈《せたけ》。それはマイアスでニーナが戦っていた者と同じだった。

それらの手に武器が握《にぎ》られる。同時に構え、鏡のように揃《そろ》い、そして襲《おそ》いかかってくる。

その速度、勢い、放たれる裂帛《れっぱく》の殺意にリーリンは目を閉じた。

閉じたはずだ。

だがなぜか、見えていた。

†

その時、ニーナは衝撃《しょうげき》を受けていた。

シュナイバルの語った創世の秘密に言葉がうまく出ない。

「信じられますか?」

「信じる、信じないの話なのか、これは?」

問いに、ニーナはなんとかそう答えることができた。この世界がどのようにして生まれたか。それを語れる者は誰もいなかった。人類は当たり前のように自律型移動都市の上で生き、都市の外にある汚染物質と汚染獣《おせんじゅう》を恐《おそ》れて生きてきた。

それが、ニーナの知るこの世界だ。

世界の創世話。神話のような曖昧《あいまい》なものでごまかすのでもなければ、錬金《れんきん》を操《あやつ》る科学者たちが検証したものでもない、壮大《そうだい》ではあっても、どこかで手が届きそうな、そしてそれだけに荒唐無稽《こうとうむけい》でもある。

なんというか、ひどく半端《はんぱ》な話のような気もする。

そしてそれだけに、電子精霊《せいれい》が語るこの話に嘘《うそ》がないように思えてしまった。

「電子精霊が、わたしにそんな嘘を語る理由が思いつかない。少なくとも、お前たちはその話を信じている」

「その通り」

グレンダンが長い毛を揺《ゆ》らしてうなずいた。冷たい、氷のような目がニーナを見据《みす》える。

「それでグレンダンは、槍殻《そうかく》都市は、来たるべき日のために戦い続けているというのか？」

「私は眠りについたサヤの代理としてあの都市を動かしていた。グレンダンの目的の一つである『戦いを絶やさない』ことは私の憎悪と合致《がっち》している。戦いを絶やさないことで武芸者の力量を上げさせ、突出《とっしゅつ》した力を持つ者を何人も生み出すことに成功している。そして彼ら彼女らが婚姻《こんいん》することで、武芸者の体内にあるアイレインの因子はより濃密《のうみつ》となっていく。それらはグレンダンの三王家に収束し、やがて望みの者が生まれるはずだった」

「望みの者？」

「世界に散らばったアイレインの因子を収束させ、そのコピーを作り上げる。それがグレンダン王家の目的だ。完成は近かった。だが、一つの手順ミスがそれを少し遠くした」

それが誰かをグレンダンは語らなかった。

だが、それはおそらく女王のことだろう。天剣授受者《てんけんじゅじゅしゃ》を凌駕《りょうが》する武芸者。レイフォンとサヴァリスが二人がかりで倒《たお》せなかった老成体を離《はな》れた場所から、ただの一撃《いちげき》で葬《ほうむ》ったという武芸者。そんな強力な武芸者を、グレンダン王家は長い時をかけて作り上げた。

そういうことなのだろう。

だが、それで完成ではないと電子精霊は語っている。

足りないと言っている。

「全《すべ》てが予定調和の中に収まることはない。これはそれを物語っているのか、あるいは予定調和の結末が訪れるまで、まだ時間があると解釈《かいしゃく》すべきなのか、それはわからない」

シュナイバルがおもむろに口を開いた。

「だがいま、学園都市《ツェルニ》の空に穴が開き、その因果はやがて槍殻都市《グレンダン》へと繋《つな》げられる。これが前哨戦《ぜんしょうせん》ではなく、最後の決戦であるかもしれない。ならば妾《わらわ》たちもそれにあわせて動く必要があるやもしれぬ。ニーナ。シュナイバルの騎士《きし》の子にして、妾の子となりし者。そなたは電子精霊の希望となるやもしれぬ。この世界で生を成し、この世界で生きる生物として、この世界を仮初《かりそ》めの居としている者たちに運命の舵《かじ》を全て任せてしまうわけにはいかぬ。そなたが鍵《かぎ》となるや、それとも新たな時代の先駆《さきが》けとなるや、あるいは無力の野に倒《たお》れ伏《ふ》すだけの捨て石となるや、それはわからぬ。だが、妾たちはいま、この世界を守護する者として新たな力を欲しておる」

「新たな力。わたしが？」

「それを決めるのは妾ではない。そなたと、そしてこの世界の絶望を知る、メルニスク、そなただ」

ニーナは廃貴族《はいきぞく》を、メルニスクを見た。黄金の牡山羊《おすやぎ》は沈黙《ちんもく》を保ち、動くことはない。

「餓狼《がろう》の極限を知るそなたには、この選択《せんたく》は生温《なまぬる》く思えるかもしれない。だが、いま必要なのは破壊の炎《ほのお》ではなく、守護者の剣」

「………………」

メルニスクは沈黙する。シュナイバルが、グレンダンが、ツェルニが、そしてニーナが見守る中、頑《かたく》なな沈黙を守り通す。そこにあるのは迷いなのか、それとも決然とした拒否《きょひ》なのか、それさえもはっきりとしない。

ニーナには電子精霊の表情からなにかを察することはできなかった。

「……良いでしょう。あなたが選べないのであればニーナの答えも聞かないこととします」

「え？」

「あなたとメルニスクはいま、一つとなっている。たとえその状態が仮初めのものでも、二つの意思が絡《から》まぬのであれば無意味。ですが、メルニスク。限られた時は曖昧です。迷いがなにも生み出さないことは、すでに知っているはず。それだけは言っておきましょう」

「心しておく、偉大《いだい》なる母よ」

牡山羊の答えに、シュナイバルは小さく顎《あご》を動かしただけで答えた。

「それでは、しばし時を観察しましょう。このグレンダンでの、時を」

言うや、全てが薄《うす》くなっていく。電子精霊たちがニーナの前から消えていく。それはツェルニや、メルニスクも同様だった。

「待て、まだわたしはなにも……」

電子精霊は待ってはくれない。その姿はさらに薄くなり、周囲の闇《やみ》と同化していく。

「ツェルニ」

「きっと、帰ってきてね」

幼い少女はニーナの首に腕《うで》を絡ませる。あるかなきかの曖昧な感触《かんしょく》とともに、その姿が消えていく。メルニスクも消えていく。

「待て、帰るとはどういうことだ？」

だが、その問いを放ったときにはもう、周囲には誰もいなかった。

意識が瞬間的《しゅんかんてき》に転じる。

ニーナは、自分が目覚めたことを感じた。

覗《のぞ》き込《こ》む目があった。

「…………え？」

「あ、起きました？」

戸惑《とまど》うニーナの眼前にあるのは見知らぬ顔だ。ニーナよりもやや幼い。だが、整った顔立ちで、育ちの良さが窺《うかが》えた。

「ここは？」

混乱する頭を落ち着かせようとこめかみを押《お》さえる。長い夢を見ていた。その内容は覚えている。

だがあれは、はたして真実のことなのか？

そしてここはどこだ？

「あら、覚えていませんの？　リンテンス様が連れてきたからどんな人かと思ったのですけど」

「あ……」

それで思い出した。

そうだ。ツェルニでレイフォンが倒れ、リーリンが連れ去られそうになっていて、それでニーナは彼らに立ち向かおうとしたのだ。

だが、現実はあっさりと敗北してしまった。廃貴族の力を手に入れ、苦戦していた巨人《きょじん》をあっさりと倒すことができたというのに、その力も天剣授受者の前ではまったく歯が立たなかったのだ。

（なんて実力差だ）

一撃を打ち込むことさえできなかった。

「そう落ち込むことはないですよ。天剣の中でもリンテンス様は別格です。あの人に勝てる天剣授受者はいないのではないでしょうか」

慰《なぐさ》めなのだろうか。ニーナは少女を見た。長い髪《かみ》を一つにまとめている。前髪とまとめた髪の中に白い髪が混ざっていた。黒髪の中で、それはひどく目立つ。

「あ、わたしはクラリーベル・ロンスマイアと言います。ここはグレンダンの王宮。それで、あなたは誰ですか」

「わたしは、ニーナ・アントーク。学園都市ツェルニの学生だ」

名乗ると、クラリーベルはどこかうれしそうに手を叩《たた》いた。

「やっぱり。そうだとは思ったんですけど、もしかしたらわたしの知らないグレンダンの武芸者かもしれないから」

「わたしは、捕《と》らわれたのか？」

腰《こし》に手が伸びる。だが、剣帯《けんたい》に錬金鋼《ダイト》はない。

（当たり前か）

「あなたの錬金鋼《ダイト》。これではないのですか？」

「なっ！」

枕《まくら》の隣《となり》に普通《ふつう》に置かれた二本の錬金鋼《ダイト》に、ニーナは絶句した。

「わたしは、捕らわれているんじゃないのか？」

「さあ？　陛下《へいか》からはなにも聞いていませんし、別に見張《みは》りの者も置いていませんよ。でも、デルボネ様がいらっしゃるからどこにいたってすぐにばれてしまいますけど」

「それにしたって、武器を取り上げないなんて」

「なにかできるのなら見たいのではないでしょうか？　なにしろ、廃貴族《はいき》憑《ぞくつ》きなんてみんな初めて見るでしょうから」

「っ！」

「？　ああ、ごめんなさい。わたしはわかってしまうのですよね。血筋のせいというだけで半端《はんぱ》にですけど」

「なら、逃《に》げ出しても問題はないと？」

「かまわないですけど。暴れてもなにしても自由ですけど、出て行くのは不可能だと思いますよ。なにしろここはグレンダン王宮。化け物の巣窟《そうくつ》ですから」

そう言ったときのクラリーベルの瞳《ひとみ》に、そこに宿ったなにかを期待する色に、背筋が少しだけ震《ふる》えた。

ニーナがなにかするのを楽しみにしているような、騒乱《そうらん》を待ちわびているような、そんな目なのだ。

「……なにをやってるんだ？」

だから、唐突《とうとつ》に聞こえてきた苦々しい声は、驚《おどろ》きよりもむしろ正しい常識がやってきたような安堵《あんど》を感じさせる響《ひび》きだった。

癖《くせ》のない黒髪を長く伸《の》ばした、品の良さそうな男だった。なんとなくだが、クラリーベルに似ているような気がする。あきれた顔で彼女を見ている。

ドアの開いた音はしなかった。入ってくる気配を感じることもなかった。腰には剣帯が巻かれている。

この男も武芸者だ。そして実力者だろう。

「あなたこそ、なにをしているのですか？」

「ティグリス老がお前を捜《さが》している。悪さをしそうだと思われているぞ」

「あら、さすがおじい様」

「するつもりなのか」

男の端正《たんせい》な顔が、より深いあきれ顔を作った。

「この空気でそういうことを考えるなという方が無理でしょう。天剣の方々は出番があるでしょうからいいでしょうけど、わたしたちはなにもないのですから」

「自重しろ。ロンスマイア家の跡《あと》取りだろう？」

「わたしになにかあれば、おじ様やおば様の誰かが継《つ》ぎますわ。おじい様は子だくさんですから」

「まったく、呆《あき》れる」

「むしろ、なにも感じていないあなたの方に問題があると思います」

年下に言われ、男は苦い顔を浮《う》かべる。

そこでクラリーベルがニーナを見た。

「紹介《しょうかい》するのが遅《おく》れました。あちらにいるのはミンス・ユートノール。わたしの……ええと、正しい親等的には違《ちが》うのですけど、面倒《めんどう》ですから従兄弟《いとこ》だと思ってください」

「そいつは廃貴族憑きだろう？　陛下はもう一人連れていたはずだが？」

ミンスと呼ばれた男は、こちらを睨《にら》むように見てそう言った。

「さあ？　そちらは陛下がどこかへ連れて行ってしまいました」

「くそっ」

「そういえば、あの都市にはレイフォンがいるそうですけど、あなたはどうします？」

「会うのなら死ねと伝えておけ」

「では、そうします」

「……おい、気付いているな？」

「もちろん。そちらもちゃんとしますよ。あなたも？」

「どうせ、それぐらいだ」

ミンスは苦々しい顔を浮かべて出て行った。

「あの人、昔レイフォンに痛い目にあわされてますから、個人的に恨《うら》んでるんですよ。まぁそれも、あの人の自業自得なのですけれど」

レイフォンの名前が出てきて、ニーナは一瞬どきりとした。

(そうだ。この都市はグレンダン。レイフォンにとって、苦い過去のある都市だ)

サヴァリスや、他にも汚染獣《おせんじゅう》の襲来《しゅうらい》など色々あって、考えてなかった。なんて自分勝手なんだと暗い気持ちになる。

「あなた、レイフォンを知っているんですね」

「……わたしの隊にいた」

隠《かく》していてもどうなるものでもない。

「それなら、いまのレイフォンを知っているんですね。ああでも、こちらとの比較《ひかく》はできないか。やっぱり、ちゃんと会うべきなんでしょうね」

「レイフォンをどうする気なんだ？」

「あなたは知っているんですか？　彼がグレンダンを出た理由を？」

「………………」

「知っているんですね」

「待て、レイフォンは、あいつは……間違っていたかもしれない。だがっ！」

「心配しなくても、武芸者的に軽蔑《けいべつ》しているとか、そういうことはないです」

「え？」

呆気《あっけ》にとられたニーナに、クラリーベルはにこやかな笑《え》みを作った。

「陛下も天剣たちも、そしてわたしたち三王家も、みんな彼がそんなことをした理由を知っています。それでも情けをかけられなかったのは、彼が天剣を持つだけの力量の者がどれだけ恐《おそ》ろしい存在かを、都市民たちに知らしめてしまったからです。彼らはそれを知るべきではなかったからです。だから許すことはできず、放逐《ほうちく》しました」

クラリーベルの言葉を信じていいのか。だが、かつてはニーナも、たった一人で幼生体の群を薙《な》ぎ払《はら》ったレイフォンを恐ろしいと感じたことも事実だ。その感情はすぐに羨《うらや》ましいへと変わったが、もしもあれを見たのが武芸者ではなく一般人《いっぱんじん》であったなら、どうだったのだろう？　ナルキの親友、あのメイシェンという娘《むすめ》だったらどうなのだろう？

「実際、彼を見たからと言って武芸者がなにかをすることはないと思いますよ。天剣たちは興味ないし、他の武芸者たちは彼との実力差を理解しているでしょう。ただ、都市民には会わない方がいいでしょうけど」

「……………レイフォンは、会えないんだな」

「え？」

都市民には会えない。一般人には会えない。その事実に、重い気持ちが心にのしかかる。

「家族には、会えないんだな」

苦しい時代を過ごし、話を聞いたニーナからしてもいきすぎた部分があると思うが、それでもレイフォンは孤児院《こじいん》のために、自分の家族のためにできることをやろうとしたのだ。そして失敗した。彼らはレイフォンに裏切られたと思い、そして恨んでいる。

いまも恨まれているのだろうか？

「家族の心情までは、さすがに知りません」

クラリーベルは冷たく切り捨てる。

「悪いことはいずれ発覚するのです。レイフォンのしたことは、その中でもとくに見つかりやすいものでした。そして、なにかをするならその結果はどうだろうと自分で受けるべきです」

「そうだな。正しいな」

クラリーベルの考えにニーナは反論できない。ニーナ自身もそう考えている部分がある。シュナイバルを家出同然に出てきたニーナだって、父親になんと思われているのか確かめていない。

「でも、正論はしょせん正論でしかありません。全《すべ》てに適用できるわけでもありませんし」

そう呟《つぶや》いたクラリーベルはニーナからの視線を避《さ》けるように窓を眺《なが》めた。窓から見える光景はツェルニの尖塔《せんとう》、その頂上部分を映している。

ツェルニは無事に危機を乗り越《こ》えたのだろうか？　いや、あのリンテンスのような武芸者がいたのだ。そしてこの静けさ。もう安全であるに違いない。問題なのは都市の足が折れていることだ。修復にはどれだけの時間が必要なのだろうか。

そしてその間に新たな汚染獣に襲《おそ》われるようなことはないのだろうか。

自分でも意識することなくベッドから下りて、窓の前に立っていた。

「あなたって、自分のことはなにひとつ考えないんですね」

「え？」

背後に立ったクラリーベルの言葉に、ニーナは振《ふ》り返った。

「普通《ふつう》、こういう状況《じようきよう》なのだから、もっと自分のことを心配すると思うのですけど？」

「あ、ああ。そういえば、そうかもしれない」

「それとも、このグレンダンから抜《ぬ》け出す自信でもあるんですか？」

「そういうわけではないんだが……」

色々と考えることが多くて、なにから考えればいいのかわからないような状況だ。女王はこのグレンダンでなにかが始まるようなことを言っていた。そして夢の中で見た電子精《せい》霊《れい》たちの会話。

大きな謎《なぞ》がこの場所で動こうとしている。それを確かめたいという気持ちはある。リーリンが連れ去られているということもある。彼女はグレンダンの民《たみ》だ。都市に戻《もど》るのは当たり前の話ではあるのだが、彼女もなにかを隠しているような気がする。それを確かめたい気持ちもある。

色々ありすぎて、なにから動けばいいのかわからない。

「もしかして、ここでなにかが起こるのを見たいとか思っているのですか？」

「女王は、そんなことを言っていた」

廃貴族がいながらリンテンスにあんな負け方をした自分になにができるのか？　それを考えると自分はここでも無力なのかもしれないと思ってしまう。

「なにができるかも、なにをするべきなのかもわからない。だけど、このままなにもしないというわけにもいかない。リーリンを連れ去られてしまった。彼女はグレンダンの民だ。ここにいることが自然なことなのはわかっている。だが、彼女が理由も言わずに去ってしまった。その理由を知りたいと思っている」

「そのリーリンというのは、陛下が連れて行った方？」

「おそらく」

「あなたにとってその人は？」

「同じ寮《りょう》の仲間だ。それに、レイフォンの幼なじみでもある」

「レイフォンの？　なるほど」

またた。ニーナは身が冷たく強《こわ》ばるような気持ちになった。

クラリーベルの深くなにかを秘めた言葉がニーナを威圧《いあつ》する。

「幼なじみということは、同じ孤児院の出身ということでしょうか？」

「ああ、そう聞いている」

なんだろう？　レイフォンの罪に対してはなにも抱《いだ》いていないと言っていた。だが、彼女はレイフォンに対して別のなにかを抱いているのだろうか？

「それならやはり、レイフォンはここに来ますね」

そう呟《つぶや》いたときの彼女は、やはりとても危険に思える。

武芸者はなにもしない。さっき、彼女はそう言った。天剣はレイフォンに興味はなく、他の武芸者たちは彼の実力を知っているからしかけない。

それなら、レイフォンに立ち向かえると判断した武芸者はどうなのだろうか？　彼女は、話の様子では天剣授受者《てんけんじゅじゅしゃ》ではない。三王家と言っていたところから、おそらくはこの都市の政治的要人なのだろう。そして武芸者だ。

レイフォンに立ち向かえると考えているとしたら、クラリーベルはレイフォンと戦うのだろうか？

しかし、どういう理由で。

「お前は、レイフォンになにか……」

ニーナが言ったときだ。

いきなりだった。

いきなり、クラリーベルが動いた。

「っ！」

ニーナはそれに反応できなかった。いつ、剣帯に手が伸びたのか。いつ、錬金鋼《ダイト》が復元されたのか。

気付いたときにはニーナの頬《ほお》の横を彼女の腕《うで》が通り抜けていた。

「こそこそと隠れて、なにをやっているのかしら？」

クラリーベルは、むしろ淡々《たんたん》とした表情でニーナの背後に向かって問いかけた。

乾燥《かんそう》した、割れた音が耳の裏を揺《ゆ》らした。肘《ひじ》が回転したのをニーナは見た。彼女の持つ錬金鋼《ダイト》が刃物《はもの》であったのならば、それは刺《さ》さった刃をねじ込んだ形になるのだろうか。

振り返る。そこにあったものを見て、ニーナはその場から飛び離《はな》れ、錬金鋼《ダイト》を復元した。

鉄鞭《てつべん》の重みが両腕を支配する。

仮面だ。獣《けもの》の面がそこに浮《う》いていた。クラリーベルの手がその仮面に向けて伸ばされている。握《にぎ》られた刃物が深く仮面に食い込み、二つに割れていた。

クラリーベルの握っている錬金鋼《ダイト》は奇妙《きみょう》な形をしていた。仮面を割った赤いコーティングが成された厚みのある刃の根本、握っている部分は拳鍔《けんがく》のようになっており、柄《つか》にある四つの輪に指が通されている。ガードに当たる部分には棘《とげ》が打たれ、柄の反対側にも小振《こぶ》りな刺突《しとつ》用の刃がある。

彼女自身が考案した形なのだろうか。攻撃《こうげき》的な意思がそこには込《こ》められていた。

「狼面衆《ろうめんしゅう》……」

割れた仮面の下から胴体《どうたい》が現れる。倒《たお》れ、空気に溶《と》けるようにして消えた。

ニーナの目の前で次々と同じ仮面が現れていく。同じ衣装《いしょう》をまとい、同じ武器を持ち、それらは鏡か人形のように整列して、そして一斉《いっせい》にクラリーベルに向かっていった。

「わたしの胡蝶炎翅剣《こちょうえんしけん》の前では、あなたたちなど露《つゆ》と同じ」

言うや、クラリーベルが動いた。

ニーナは、なにもできなかった。ただ見ているしかできなかったのだ。

クラリーベルが動く。彼女の一纏《ひとまと》めにされた長い髪《かみ》が宙でふわりと動く。だが、彼女の握る赤い刃は目まぐるしい。緩《かん》と急《きゅう》が彼女の体で同時に起こり、そして、死が踊《おど》るように跳《は》ね回った。彼女を取り囲むように動いた狼面衆たちは、手にした武器を向けることさえ許されないままに仮面を割られ、腕を落とされ、倒れていく、溶けていく。

室内に現れた狼面衆たちが消えるまで、一呼吸の時間もあったかどうか。

「あなたたちでは、この都市に満ちた空気の、火付け役にさえなりませんね」

敵のいなくなった中で、クラリーベルはどこか退屈《たいくつ》そうに呟いた。

「お前も……」

ニーナは言いかけ、その後になんと言えばいいのかよくわからなくなった。狼面衆と敵対している側という意味を指す適当な単語がなにも思いつかなかったのだ。ディックの知り合いなのか、彼に会ったことがあるのか？　そう言えばいいのだろうか。

「ああ、あなたも知っているのですか？」

クラリーベルはニーナの戸惑《とまど》いを無視して、同類を見つけた無邪気《むじゃき》な笑《え》みを浮かべた。

「廃貴族《はいきぞく》憑きだとそういう特典もあるのかしら？　いえいえ、本来は電子精霊たちの敵。だとすればわかるのも当たり前というもの？」

逆に尋《たず》ねられ、ニーナはなにも言えなくなる。それさえも、よくわからないのだ。

「わたしがこちらに関《かか》わったのは、血筋的なものだと思ってください。小さい時から特に理由もなくわかってましたよ。でも、血筋と言ってもわかるのはわたし以外だと、さっき会ったミンスぐらいですけど」

「あの男も……」

なんとなく頼《たよ》りなさそうな男に見えたミンスもそうだということに、ニーナはさらに驚《おどろ》いた。

「陛下《へいか》は純化しすぎて逆に見えないみたいですね。あるいは、わたしたちよりも高度にこの感覚を使いこなせていて、あえて見ないようにしているのかもしれませんけど」

女王の実力は情報でしか知らない。だが、電子精霊たちの話からしたら、彼女が狼面衆たちとの戦いに関わっていないことはおかしいようにも思える。だとすれば、より近しい存在である彼女の説明が正しいのだろう。

「まぁ、その話はおいおいに。火付けにもなれないかわいそうな連中が動き出したようですから、ちょっと駆除《くじょ》に出かけましょうか」

錬金鋼《ダイト》を基礎《きそ》状態にして剣帯に戻すと、クラリーベルは部屋《へや》を出て行く。言葉はニーナも共にとしか解釈《かいしゃく》できない。

「え？　おい」

いいのか？　と言いかけてニーナは言葉を止めた。あるいはこれは、脱出《だっしゅつ》する良い機会なのかもしれない。

石畳《いしだたみ》の廊下《ろうか》を抜けていく。進むクラリーベルの後をニーナが続く。何人かと行きすぎていったが、彼らは彼女に深々と挨拶《あいさつ》をして、ニーナには注意を向けない。

「さっきも言いましたが、この都市でもわかるのはわたしとミンスだけです。知られると色々面倒《めんどう》なのはご存じですか？　とにかく面倒ですので素早《すばや》く手早く片付けていきますよ」

「いや、片付けると言うが、わかるのか？」

ニーナがマイアスへと飛ばされた時は、なにかが起こるという以外はなにもわからなかった。その敵が狼面衆であることも、彼らがなにを企《たくら》んでいるのかもわからなかった。おかげでことが起こるその時までニーナはなにもできなかった。

クラリーベルは、あの時のニーナよりももっとはっきりとわかるのだろうか？

「わかりますよ。すくなくともグレンダンになにしに来ているのかくらいは」

「そ、そうなのか？」

「ただ、わたしは縁システムを使って他都市にまでは行きませんから。よその都市で連中がなにをしているのかまでは知りませんけど」

「縁？」

その言葉、たしかディックも言っていたような気がする。

「電子精霊《せいれい》間で使われる通信装置だとでも思ってください」

「そんなものがあるのか？」

「そうでなければ、都市間戦争の時、どうやって同類を見分けるのですか？」

「……なるほど」

「まぁ、縁システムを使って飛び回るのは、そういう人間がいると知っているだけで体験したことはありませんけど。ありますか？」

「一度だけ、だが」

「なるほど、本当にそんなことができる人がいるんですね」

そんな会話をしている内に、王宮らしき建物の外に出てしまった。

（本当に出てしまった。いいのか？）

捕《つか》まった身ながら、そんな心配をしてしまう。だが、クラリーベルはあくまで気にした様子もなく、街中を歩いていく。

「クララ」

呼びかけに振り返ると、ミンスが王宮からこちらにやってくるところだった。

「いくつか片付けました？」

「王宮内はあらかた」

「ご苦労様」

「今回はいつもよりも人数を繰《く》り出しているな」

「それだけ、これから起こることが大がかりなんでしょうね。なにを狙《ねら》っていると思います？」

「いつも通りなら奥《おく》の院だが。今回はそれだけではないようだ。なら、やることは一つだろう」

「奥の院には陛下がいますね。それなら心配はないかと」

「ならやはり、地上部にいる連中だな。めんどうな」

「そうですね。それに勘《かん》ですが、いまは奥の院には近づかない方がいいと思います」

「奇遇《きぐう》だな、私もそう思う」

「なんとなくですが、陛下の逆鱗《げきりん》に触《ふ》れそうな気がしますもの」

「それは見たくない」

「痛い目にあったことのあるあなたは特に」

「うるさい」

それだけを会話すると、ミンスは別の方向に向かって歩いていった。

「ふむ……どうやらいつも通りというわけでもなさそうですね。では、少しまじめに巡《めぐ》りましょうか」

そう言うと、クラリーベルはニーナが付いてくるのを当たり前と思っているかのように歩く速度を上げる。

ニーナは一瞬《いっしゅん》、ためらった。

逃《に》げるなら、いまかもしれない。

彼女たちはさきほど、『女王は奥の院にいる』と言った。ならば、リーリンもそこにいるだろう。クラリーベルから離《はな》れ、その奥の院とやらに向かいリーリンを助け出す。可能だろうか？

問題は、どこにその奥の院があるか、だ。

（どうする？）

彼女から離れ、奥の院を探すか？　だが、離れようとした瞬間、彼女は敵対するかもしれない。そうならないと考える根拠《こんきょ》がない。一度ツェルニへと脱出してレイフォンたちと合流し、その上でリーリンを救い出すために行動するか？　現状ではそれがもっとも冷静な判断のように思える。

（どうする？）

自問は続く。クラリーベルはこちらを気にした様子もなく歩いていく。やはり彼女はこちらを気にしていないのか。

「あ、そうそう」

いきなり振り返って、クラリーベルがこちらを見た。

「逃げても、わたしは別に追いかけませんけど。その代わり、別の者が追いかけますよ？天剣の中にはとても根のまじめな方がおりまして、その手の者があなたを見張っていますから」

「…………」

言葉も出なかった。

ニーナはクラリーベルの後に付いていった。それしかいまはできることがない。狼面衆と戦う武芸者。彼女のことを知ることも、いま必要なことではある。そう納得するしかなかった。

なにより、ニーナを見張っているという武芸者の存在を、ニーナは感知できない。あの夢が見せた結果のためか、ニーナの中の廃貴族――メルニスクは、存在は感じられるものの、あの戦いの時の鼓動《こどう》を共有するような熱はなにも感じられなかった。それはつまり、いまのニーナに力を貸していないということなのだろうか。だからこそ、クラリーベルにはわかって、ニーナには彼らの存在を感じられないのだろうか？

ニーナに気配を感じさせないままに見張る者の存在がクラリーベルにはわかっている。廃貴族《はいきぞく》など必要としないほどに、グレンダンの武芸者は強い。

そんな彼らがどうして廃貴族を必要としているのか？

いや、いまはそれよりも……

(待てよ)

だとしたら、彼らは先ほどの戦いも見ていたのだろうか？　見ていたのだとしたら巻き込まれたのではないのか。そうではないのか？

クラリーベルは、グレンダンで狼面衆《ろうめんしゅう》と敵対しているのは自分たち二人だけだと言った。彼女も、そしてミンスも、このグレンダンでは要人のはずだ。あるいは影《かげ》の護衛のような者がいたとしてもおかしくないのでは？　だとすれば、彼女たちの戦いを目撃《もくげき》したことがある者がいたとしてもおかしくないのでは？

ただ見るだけでは、狼面衆との戦いには巻き込まれないのだろうか？

だとすれば、ニーナはどうして巻き込まれたのか？

(ただ見ただけでは、巻き込まれない)

そう仮定してみよう。クラリーベルの後に付いていきながら、ニーナは考えた。いまの自分にはそれぐらいしかできない。

ならば、ニーナはなにを見たのか。あるいはなにか、きっかけになる事象に出くわしたのか？

あの時のことを思い出す。

「さて、まずは一つ目」

クラリーベルの呟《つぶや》きで、現実に引き戻《もど》された。場所は街の中でもやや閑静《かんせい》な住宅街という雰囲気《ふんいき》の場所だった。目の前にはニーナが住んでいたのと同じぐらいの屋敷《やしき》がある。こういう屋敷を持つのは富豪《ふごう》か、あるいは有力な武門を有する武芸者の家系だろう。

道沿いに続く高い塀《へい》を、クラリーベルはなんの気なしに跳《と》び越《こ》えた。

「おいっ！」

「だいじょうぶですよ」

「しかし……」

「そんなこと気にしてたら、あいつらの好きにさせてしまいますよ」

不法侵入《ふほうしんにゅう》に声を荒《あら》らげるが、気楽な声が塀の向こうから返ってくる。ニーナは気後れしつつもそれに続いた。

「まっ、好きにできるのなら彼らも苦労はしないでしょうけれど」

着地と同時に、クラリーベルは呟いた。

塀から覗《のぞ》くことができたのは、すぐそばにあるらしい背の高い木々と、三階建てらしい屋敷の上部分だけだった。着地してみると木から建物の間にある敷地《しきち》の惨状《さんじょう》に驚《おどろ》かされた。

普通《ふつう》なら、ここには青い芝生《しばふ》が敷《し》き詰《つ》められ、噴水《ふんすい》なり花壇《かだん》なりで飾《かざ》られるべきだろう。だがいま目の前にあるのは、整地もされないままに踏《ふ》み固められただけの堅《かた》い地面だった。

「これは？」

波打つように固められた地面は、そこら中にすり鉢《ばち》状の穴ができあがっている。踏みしめた地面の感触《かんしょく》も、もはやそれが元が土であったことなど信じられないような堅さだ。試《ため》しに爪先《つまさき》で蹴《け》るようにしてみたが、欠片《かけら》も掘《ほ》ることができなかった。

「ここは天剣授受者《てんけんじゅじゅしゃ》、ルイメイ様の家。あの人は庭で修練しますから。毎日早朝、必ず同じ時刻に。おかげでグレンダンの人は規則正しい目覚めを迎《むか》えられます」

そう説明すると、クラリーベルは他人の敷地だというのに平然とした顔で進む。

ニーナは爪先に伝わった感触に、信じられない気持ちになった。天剣授受者を名乗るほどの者だ。地面を砕《くだ》くのは容易《たやす》いだろう。それをしないまま踏み固める。それもただ堅《かた》い土にするのではなく、圧縮を繰《く》り返して別の物質にでも変えようかというほどだ。それは威力《いりょく》を一定に制御《せいぎょ》しているということであり、剄《けい》のコントロールが完璧《かんぺき》な証拠《しょうこ》だ。

「あいつらは、この世界の者を媒介《ばいかい》としてこの世界に出現する。なぜなら彼らには、あの仮面という形以外にはなにもないからです」

喋《しゃべ》りながら、クラリーベルは屋敷に添《そ》って進み、裏口に辿《たど》り着く。

使用人たちが使う扉《とびら》だろう。ニーナの屋敷と同じであればすぐそばに厨房《ちゅうぼう》があり、この裏口は商店からの品物を運び込む場所でもある。

扉は簡単に開いた。

すぐに顔を撫《な》でたのは厨房から届く調理途中《とちゅう》の香辛料《こうしんりょう》の香《かお》りだ。屋敷の内部構造はニーナの予測通りのようだ。そしてこの屋敷はごく普通に人々が活動している。

「いいのか？」

「いいのです。どうやらこの屋敷が目的の一つですね」

もはや、クラリーベルがどう動くのかを見守るしかない。殺剄《さっけい》を使う様子もなく、堂々と廊下《ろうか》を進んでいく。鼻孔《びこう》を刺激《しげき》し、空腹を思い出させる匂《にお》いも強まっていく。

まさかという気持ちになった。そしてクラリーベルは、ニーナの予想通りに厨房へとやってきた。

広い厨房には三人の料理人がおり、そして彼らの動きを眺《なが》める一人の婦人の姿があった。

四人ともがこちらに背を向け、料理人たちは黙々《もくもく》と料理を仕上げていく。

ニーナたちの入った気配にその四人が振《ふ》り返った。

「あら、クラリーベル様？　どうなさったのですか？」

ニーナが息を呑《の》む。だが、そんなニーナを無視して、婦人が話しかけてきた。

「こんないきなり、困ります」

「いい匂いですね、メックリング夫人」

「もうすぐ昼食ですし、あの人はたくさん食べますから」

婦人が口元を押《お》さえて笑う。その指先は鍛《きた》えた様子がある。彼女も武芸者なのだ。

「そうね。ルイメイ様であればそれぐらいは食べるのでしょう。突然《とつぜん》の訪問で失礼いたしていますが、同伴《どうはん》してもよろしいですか？」

「ええ、それはもちろん。クラリーベル様のご訪問をお断りする理由はございません」

「あら、それはうれしいお言葉。ですが、それなら少し注文を付けてもよろしいですか？」

「なにか、リクエストがございますか？　うちの料理人たちはたいていのものは作れると思いますが、材料があるかどうかは……」

「増やしてもらうつもりはありませんよ。むしろ減らして欲《ほ》しいのです」

「あら……」

「調味料をですね。たとえばそこの小瓶《こびん》に入っているものなどを」

クラリーベルが指さしたのは、一番近くにいた料理人が、いままさに肉料理の上に振りかけようと握《にぎ》っている小瓶だった。

まさしくその瞬間、空気が凍《こお》り付いた。婦人のみならず、その小瓶を握る料理人。そして奥にいる二人の料理人までもが動きを止めたのだ。

その小瓶がなんなのか、料理をしないニーナにはわからない。だが、調味料と聞いて素人《しろうと》でも当たり前に連想する類《たぐい》のものではなさそうだ。

「あまり見たことない調味料のようですね。王家のものとして、知らないものを簡単に口にするわけにもいきませんから」

「わかりました。それならクラリーベル様とご友人の方の料理には入れません。あれは主人のお気に入りの調味料ですので……」

「嘘《うそ》はそれぐらいにしましょう、メックリング夫人」

「……」

夫のことをうれしそうに語る婦人……そういう仕草をしていたのに、それが止まった。まるで、時間そのものを止めたかのように止まったのだ。

婦人の表情はわからない。この異常な事態に、ニーナはただ言葉もなく成り行きを見守るしかなかった。こんな状態なのに当たり前に会話をしようとするクラリーベルの方がおかしいのではないかとさえ思った。

「噂《うわさ》になっていますよ。最近、ルイメイ様の愛人に子供ができて、しかもそれが武芸者だったと。子をなせなかった夫人のお気持ちはお察《さつ》ししますが、なにもこんなことをなさらなくとも良いと思いますが」

「お若いあなたには、まだわからない感情でしょうね」

「いえ、わたしも女ですし、王家の子です。子を宿せなければどういう扱《あつか》いになるかわかっているつもりですよ」

「それでも、わからないのですよ。立場が違《ちが》います。あるいはあなたの方がさらにお辛《つら》いものとなるかもしれない。しかし、別の女で済ませられてしまう者の気持ちは、おわかりにはなられないでしょう」

「代替《だいたい》という意味では王家の方がそれは強いですよ。できればわかりたくはありませんが」

「いいえ！　まだあなたはおわかりになっていない！」

婦人が叫《さけ》び、その顔を覆《おお》う。

泣いているのか？　声はそうだ。だが、表情は？

ニーナにはわからない。

わからないのだ。

なぜなら、婦人も、そして三人の料理人も、皆《みな》、あの獣《けもの》の仮面を被《かぶ》っているから。

「とにかく、いまのあなたは混乱して悪い方向に転《ころ》がされているだけですので、それ、取らせていただきますね」

クラリーベルはあくまでも淡々《たんたん》と事態を処理していこうとする。

「いいえ、それはだめよ」

婦人はうつむいたまま、深い場所から響《ひび》く声を出す。

「あの人には私の気持ちをわかっていただかなければならない」

「そういうのは、そんな仮面なしでやりましょうよ」

「いいえ、そういうわけにはいかないのです」

「そういうわけにいきましょう」

「いいえ！」

婦人が顔を上げる。

その瞬間にクラリーベルが動いた。

また、復元のタイミングを見ることができなかった。気付けばその手には胡蝶炎翅《こちょうえんし》剣《けん》があり、赤い刃《やいば》が仮面を両断していた。

婦人がのけぞり、甲高《かんだか》い悲鳴が厨房に充満《じゅうまん》する。

奥《おく》にいる料理人たちが包丁を手にして襲《おそ》いかかってくる。

だが、次の瞬間にはその額に赤い物が突《つ》き刺《さ》さり、仮面が二つに割れる。針のようなそれは仮面だけを破壊《はかい》すると霧散《むさん》して消えた。

針は化練勁《かれんけい》の産物か、ガードにある棘《とげ》が赤い残滓《ざんし》で軌道《きどう》を描《えが》いた。

料理人たちもそれぞれ悲鳴を上げ、そして婦人ともども床《ゆか》に倒《たお》れる。

「死んだのか？」

「気を失っただけです」

さらりと答え、クラリーベルは厨房に入っていくと小瓶を回収し、出来上《できあ》がったもの、調理中のものをことごとくゴミ箱に捨ててから戻《もど》ってきた。

「さて、次に行きましょう」

床に倒れた婦人たちを無視してクラリーベルは去っていこうとする。

「彼女たちは？」

「気付いた時にはさっきの記憶《きおく》はなくなっています。さきほどのは、寄生された夫人の性格や現状の不満を利用して目的を遂《と》げようとしただけですから、彼女たちが自主的にそれをしたわけではありません。俗《ぞく》に言う、『魔《ま》が差した』というものですね。わかりやすい魔で助かりますが」

説明を受けている間に屋敷を抜け、塀《へい》を跳《と》び越《こ》えた。

「まぁこれで、彼らの目的がはっきりとわかりました。天剣の暗殺ですね。他にも破壊活動とかをするかもしれませんが、そちらはミンスに任せるとしましょう」

「グレンダンでは、奴《やつ》らはこんなことをしているのか？」

ニーナがいままで狼面衆《ろうめんしゅう》を見たのは二回。ディックに出会った時のものとマイアスに行った時のものだ。その二つともが狼面衆自身が武器を持って立ち向かってきた。

さっきのような、誰かを操《あやつ》って天剣を毒殺しようとするなんてものは、初めて見た。

「初めてでもないですが珍《めずら》しくはありますね。弱みなんて、誰だって探せば一つや二つは出てくるものです。そういうものを利用しなくては天剣は倒せないと考えたのでしょう。ただでさえ、天剣が十二人揃《そろ》ってない上にサヴァリス様が怪我《けが》で動けない。この後のことを考えれば、さらに一人二人行動不能にできれば御《おん》の字と考えているのではないでしょうか」

「この後……」

電子精霊《せいれい》たちの会話を思い出す。彼らはここでなにかが起きると言っていた。自律型移動都市のオリジナルである、槍殻《そうかく》都市で眠《ねむ》り続けるサヤ。そしてこの世界を破壊しようとする者を月となって封《ふう》じ込《こ》めたアイレイン。封じ込められてもなお、汚染物質という形でこの世界を破壊しようとするイグナシス。そしてその手先である狼面衆。汚染物質を利用してこの世界で独自の生態系を確立した、かつての破壊兵器、汚染獣《おせんじゆう》。

それら全《すべ》てが関係することがここで起ころうとしている。それは、おそらく戦いなのだろう。壮絶《そうぜつ》な戦いのはずだ。そして、その戦いでの勝敗の天秤《てんびん》を少しでも傾《かたむ》けようと狼面衆たちはいま動いている。

そういうことなのか？

思考がぐらぐらと動く。自分がいま、なにをするべきなのか？　考えているのはそのことだ。狼面衆との戦いは見るべきだと思った。自分もそこに参加すべきだと思った。だが現実にはクラリーベルの後ろについて行くことしかできない。いや、それもしかたがないのかもしれない。いまのニーナにはマイアスの時のような『これをしなければならない』という、どこか自動的にさえ思える使命感もない。

「ところで、いまのわたしの抜《ぬ》き打ち、どうでした？」

「え？」

物思いに沈《しず》んでいると、クラリーベルがいきなりそんなことを尋《たず》ねてきた。

ニーナの反応に彼女は足を止め、振り返る。その顔はどこか怒《おこ》っているようだった。

「もう、聞いてなかったんですか？　抜き打ちですよ。仮面だけを切る正確さはともかくとして、速度ですよ。速かったと思いませんか？」

「あ、ああ。そうだな」

いつ復元したのかわからなかった。それに自画自賛しているようにしか見えないが、仮面だけを正確に断ったあの技量も凄《すさ》まじい。

「レイフォンよりも、速かったですか？」

目を輝《かがや》かせ、ずいとこちらに顔を近づけて聞いてくる。

「そ、それはどうだろう」

心情としてはレイフォンの方が速いと思う。だが、こちらがわからないほどの抜き打ちをしたところを、ニーナは見たことがない。

「剄の量そのものは天剣でもトップレベルでしたので、そこで敵《かな》うとは思えないのですが、速度でならばわたしの方が上だと思うのですよね」

クラリーベルがそんなことを呟《つぶや》く。そして、そんなことを言う彼女に、ほんの少しだけなにか心に湧《わ》き上がってくるものを感じた。それは不快さを感じさせるものなのだが、それがどういったものなのか、詳《くわ》しくは言い切れない。

彼女の言葉は続く。もはや聞き手の必要のない独白のようになっていた。

「しかし問題なのはレイフォンの源流が刀術《とうじゅつ》というところなのですよね。刀術の抜き打ちの技《わざ》は侮《あなど》れませんから。これでも色々と研究したのですけど、しかしそれを知るためとはいえサイハーデン流を学びに行くのはなんだか負けた気もしますし、他の刀術使いだと実力差がありすぎますし……あ、サイハーデン流の現在の門主はデルク・サイハーデンという方なのですけど、こと刀術における技の深さという点ではグレンダンでも屈指《くっし》に入る方なのですよ、実は」

「はぁ……」

「現役時代を知らないのでなんとも言えないのですけど、それを知っているおじい様の言葉だと『個人戦、集団戦、どちらでもうまく立ち回れる有能な人物』ということらしいのです。天剣になるほどではなかったといえ、なかなかの技量の持ち主だったということですね。いえ、そもそも天剣授受者《てんけんじゅじゅしゃ》の最低限の条件が『天剣でなければ使い切れないほどの勁量《けいりょう》』というものがあるので、もしかしたら技量だけならば天剣級なのかもしれません。そう考えると、レイフォンがあの若さで天剣を手に入れたことも納得《なっとく》できるというものです。あ、いえいえ、ちょっと待ってください。それではおじい様が天剣で、いま現在天剣に空きがあるのに天剣になれないわたしがどうなるのかという疑問が出てきますので、いまのはなしです。なしでお願いします。いいですか？　ありがとうございます。……さて、それでもやはりデルク・サイハーデンが練達の武芸者であったことは事実ですから、彼に育てられたレイフォンがその才能を早くから開花できたことは納得できるというものです。残念ながらわたしはおじい様とは選んだ武器が違いますので、早くから才能を開花させるということがないとしてもしかたないのかもしれません。あら？　それだといまのはなしでなくても良かったのかも？　いえ、どちらでもいいですね。とにかく、わたしが言いたいのは、わたしは決してレイフォンよりも弱いということはないと強く主張したいということです。彼と戦っても決してひけを取りません。むしろ勝っちゃいます。勝つところを見せつけてやるのです。え？　誰にかって？　それはもちろん、レイフォン自身に」

……一気呵成《いっきかせい》に喋《しゃべ》られて、ニーナは圧倒《あっとう》されっぱなしだった。

出会った時から態度や言葉の端々《はしばし》にひやりとしたものを感じていた。だが、それはいまの喋る内容からして、敵意や殺意という負の要素がひどく少ないと思えた。

感じていたのは、闘争心《とうそう》だ。

しかもひどく無邪気《むじゃき》な。

あまり接したことがない感情なだけに、そしてレイフォン以外ではそう会ったこともない若くて強い武芸者であるということで、なにか勘違《かんちが》いをしていたのだろうか。他に誰かいたかと考えて、思い出せるのは傭兵《ようへい》団を率いていたハイアだろう。だが、彼にはレイフォンに対する敵意や殺意があった。

「あの……」

ここまで来て、ニーナは思いきって聞こうと思った。他にも尋ねたいことは色々ある。狼面衆のことや、攫《さら》われたとしか思えないリーリンのこと。彼女はなにひとつ答えをくれない。いや、はぐらかされたというか、彼女のペースに乗せられっぱなしというか、とにかく聞けていない。なによりいまは狼面衆による天剣暗殺の企《くわだ》てを阻止《そし》している最中だというのに、彼女は焦《あせ》る様子をまるで見せていない。

それでも、とにかくこれだけは聞かなくてはならない気がした。そうでなくては、ニーナはこれ以上、彼女と一緒《いっしょ》に行動できる自信がなかった。

「なんです？」

クラリーベルが無警戒《むけいかい》にニーナを見る。

「クラリーベルは……」

「クララと呼んでください。親しい人たちは皆《みな》そう呼びます。そもそも、わたしの名前は発音的に妙《みょう》なひっかかりがあると思いませんか？」

「さ、さあ、どうだろう？」

「それで、なんでしょう？」

「えーと、だな。クララはレイフォンをどうしたいんだ？」

「倒したいです」

至極《しごく》あっさりと、彼女はそう言った。

「あ、そうですね。勘違いしないでください。別に個人的な恨《うら》みとか、武芸者的正義感とか、そういったものではありませんから」

「では、なぜ？」

「いえ、これは別にわたし個人だけの気持ちではないと思いますよ？　グレンダンのわたしと同年代の武芸者ならレイフォンを目標にするのは当然と思います。なにしろ最年少で天剣を授けられたのですから」

「しかし、レイフォンは……」

「さっきも言いましたけど、武芸者ならそれほど気にしませんよ。もちろん快く思わない者がいない、というわけでもありませんが。それによく考えてください。闇《やみ》試合があったということは、他にも参加していた武芸者がいたということですよ？　放浪《ほうろう》バスもろくに来ないグレンダンで、外部のそういう無法な武芸者がたくさんいたなんて考えられません。

そうなると他《ほか》にも関《かか》わっていた武芸者がたくさんいたということですし、それを見物していた一般人《いっぱんじん》もたくさんいたということです。そうでなければ商売としてなりたたないでしょう？」

「それは……そうかもしれないが」

「何度も言ってますけど、レイフォンがしてはいけなかったことは、闇試合に出たことでも、試合にかこつけてガハルド・バレーンを殺そうとしたことでもありません。天剣の恐《おそ》ろしさを一般人に理解させてしまったことです。だから、レイフォンはグレンダンを出なければいけなかった。闇試合に出ていた他《ほか》の武芸者たちは内密に罰金《ばっきん》を払《はら》って終わっています」

天剣の恐ろしさ。

たしかに、以前もそんなことを言っていた。女王に知られてはいけないと言われたと語っていた。

レイフォンが心を痛めたのも、孤児院《こじいん》の兄弟たちに彼が清廉潔白《せいれんけっぱく》の英雄《えいゆう》ではないことを知られてしまったからだ。彼らもまた、自分たちの英雄が汚《よご》れていたことに激怒《げきど》したと聞いている。

「そもそも、ガハルドを殺そうと思ったのなら試合中でなくともできたはずです。夜討《よう》ちでもなんでも、彼ならやりようはいくらでもあったでしょうに。……まぁ、そういう、生き方が不器用なところも……」

「ん？」

言葉尻《ことばじり》が曖昧《あいまい》にぼやかされて良く聞こえなかった。

「いいえ、なんでもありません。とにかく、同年代の武芸者にとって身近な年齢《ねんれい》の彼が天剣となったこと、それだけの実力を手にしたということは、憧《あこが》れと同時に、自分たちにも不可能ではないかもしれないという光を与《あた》えたことにもなるのです。若年の武芸者にとってはそういう意味では変わらず英雄ですよ。彼がなんのために闇試合に出たのかも、それとなく流していますしね。彼を一方的な悪人だと思っている人はそういないのではないでしょうか？」

「それなら……」

レイフォンがグレンダンに戻《もど》るということは、決して夢物語ではない？

「だからこそ、彼を倒したいと思う人たちもいるのですけどね」

「なんだって？」

クラリーベルはなんの違和感《いわかん》もなさそうに話す。だが、ニーナは急に話題が変わったようにさえ感じた。

「だって、そんなに強いんですよ？　戦ってみたいと思うのは、決して間違った考えではないと思いますけど。わたしたちぐらいの歳《とし》の武芸者なら、レイフォン越《ご》えは一つの目標ですね」

クラリーベルはこちらが驚《おどろ》いていることに気付いていない。ニーナは言葉に詰《つ》まってしまった。

そんな風に考えたことが一度でもあったか？

いや、ツェルニの武芸者でそんな風に考えている者がどれだけいるのか？　憧れはあっただろう。小隊対抗戦《たいこうせん》が終わってからは、彼の訓練を受けたいと連日生徒たちが集まっていた。レイフォンにやる気があるようには思えなかったが、それでも決して人が途絶《とだ》えたり減ったりすることはなかった。

だが、個人的にレイフォンに挑戦《ちょうせん》するような人物はいなかった。

ニーナだって、レイフォンのように強くなりたいとは思ったことがあるし、いまでも思っている。しかし、彼を倒《たお》したいとまでは思ったことがない。

レイフォンはあくまでも同じツェルニの生徒で、小隊の部下で、そして仲間、戦友だからだ。

強さへの飽《あ》くなき欲求。目指す目標ではあっても、倒す対象ではない。

（これこそが……）

グレンダンの武芸者が強い理由なのではないだろうか？　憧れるということが、単純な尊敬や肩《かた》を並べたいと願うことではなく、越えたいという気持ちに直結しているのか？

だからこそ、グレンダンの武芸者は強いのか？

「……だから、クララもレイフォンと戦いたいのか？」

「はい」

クラリーベルは、とても明るい顔で肯定《こうてい》した。

会話をしながらも、歩みは決して止めていない。

無邪気にうなずいたそのすぐ後で、クラリーベルはあらぬ方向を見た。

「あらっ？」

「どうした？」

「いえ、どうやら別の思惑《おもわく》もあるようなので。なるほど、さっきのはそういうことですか」

クラリーベルの呟《つぶや》きの意味がニーナにはわからない。

「どうしたんだ？」

「あ、すいません。どうもここで別行動になりそうです」

「なんだって？」

いきなりの言葉に、ニーナは呆気《あっけ》にとられた。

「本当にすいません。ですが、わたしにはやらないといけないこともありますし。まさか殺されたりなんかするほど気の抜《ぬ》けた方はおられないとは思うのですが、それでも万が一にでも体調不良にでもなられたらわたしとしても、寝覚《ねざ》めが悪いというかばつが悪いというか、陛下《へいか》に後でどんな嫌《いや》みを言われるかわからないということもありますので、ご自分のことはご自分でなんとかしていただくしかないと思うのです。幸いにもニーナはこちら側の方のようですし廃貴族《はいきぞく》もいますし、大丈夫、なんとかなります」

やはり一気に喋られて、ニーナは啞然《あぜん》とするしかない。

「それでは、がんばってください」

そう言うや、クラリーベルはいきなり跳《と》んだ。路上から一気に近くにあった建物の屋根に移り、そしてあっという間に姿が見えなくなる。

「……なんだ？」

ニーナとしては、これぐらいしか口にできる言葉がない。突然《とつぜん》、見知らぬグレンダンの街中に一人で取り残されてしまったのだ。自分の居場所《いばしょ》すら見つからないような不安が胸に押《お》し寄せてきて、思わず周囲を見渡《みわた》した。

クラリーベルは、なにを察知したのか？

行くべき場所もわからず、ニーナはその場に立ち尽《つ》くし考える。

（いっそ、これはチャンスか？）

ツェルニに戻るチャンスだ。リーリンのそばに女王がいるというのならば、どう考えてもニーナに彼女を取り返すチャンスがあるとは思えない。廃貴族の力を使いながら、リンテンスにも勝てなかった。クラリーベルは天剣の中で最上位だと言っていた。それはレイフォンよりも強いということだが、レイフォンの言葉では女王は天剣たちよりもはるかに強いという。リンテンス相手に善戦さえできなかった自分では、女王の相手などできるはずもない。

作戦を練ろうにも、グレンダンはあまりにも自分にとって勝手のわからない地だ。

（まずはレイフォンたちと合流。それが正しい）

いつものニーナならば、それでも一人でリーリンを救いに行っていたかもしれない。自分でも時折もてあましてしまうほどに使命感が強い。そのために暴走してしまう。自分でもわかっているのだが、一度、使命感のスイッチが押されてしまうと、もう自分でもどうしようもないのだ。

だが、いまはクラリーベルに引きずり回されたためか、毒気が抜かれたような状態になって、こんな冷静な考えができる。陰《かげ》からニーナを見張っている者たちがいるらしいのだが、そういう連中ならばいまのニーナであればなんとかできるかもしれない。少なくとも、逃《に》げるぐらいは可能だろう。王宮から見たツェルニの方角は覚えている。そちらに向けて走れば逃げ切れるかもしれない。

(そうするべきだ)

考えが決する。そしてそうなればこんなところで立ち尽くしている理由はない。ニーナはまっすぐにツェルニに向けて走り出そうとした。

剄《けい》が駆《か》け巡《めぐ》ったのはその時だ。

ニーナに向けてではない。ニーナを中心とした大きな円周を、一瞬《いっしゅん》にして駆け抜けていった。

その圧力に、ニーナは全身が打たれたような幻覚《げんかく》を覚え、足を止めた。

「な、なんだ?」

感じたのは強烈《きょうれつ》な剄の残滓《ざんし》だ。一瞬でニーナを囲み、そしてなにかを消した。なにを消したのかはわからない。だが、その刹那《せつな》の間で激しいなにかが起こり、そして決着した。

自然と、手が錬金鋼《ダイト》を掴《つか》み、鉄鞭《てつべん》を復元した。

なにかが、来る。

その予感が胸の内で高まる。

極限まで達した瞬間、それはどこか湿《しめ》った足音として耳に届いた。

それは、なにか粘着質《ねんちゃくしつ》のものが靴裏《くつうら》に張り付いたような音。ほんのかすかなものだが、武芸者の聴覚《ちょうかく》はそれを聞き逃《のが》さなかった。

背後。

振《ふ》り返る。

そこに立っている人物を見た時、ニーナは腹の奥《おく》が冷えたような緊張感《きんちょうかん》が生まれた。ツェルニでリンテンスに倒され気を失う前、女王とともに彼を見た。その時と同じように彼はいまも暗い気配をまとい、殺伐《さつばつ》とした空気を取り巻き、血の臭《にお》いを漂《ただよ》わせた巨大《きょだい》な鉄鞭を握《にぎ》りしめ、そこに立っている。

「よう」

声にまで、どこか重い雰囲気《ふんいき》が張り付いていた。

最初に出会った時の、飄々《ひょうひょう》とした様子が陰に隠《かく》れてしまっている。

「ディック……先輩《せんぱい》、なのか？」

「ああ、そうさ」

肯定されても納得《なっとく》できなかった。最初に出会った時とあまりにも印象が違《ちが》う。

「まっ、感じが違うと言われてもしかたがないな。あの時とは、ちょっと気分が違う。おれの見たかったもんがやっと現れるかもしれないんだ。期待と同時に、ナイーブにもなっちまうってもんさ」

ナイーブ。はたして、そんな言葉で表現していい空気なのか？

武器をおろせない。ニーナの前に立つディックは、決して友好的な存在に思えなかった。緊張は相変わらず腹の奥に存在し、その冷たさが体中から熱を吸い取っているように感じられた。

「先輩、どうしてわたしのところに来た？」

「まっ、いろいろだな。おれのドジでお前を巻き込んだ。罪悪感なんてもんをおれが覚えているなんて笑っちまう話だが、それでもそんなもんを感じてもいる。だが、謝《あやま》るのもおれらしくない」

彼の空いた左手が胸に下がる懐中時計《かいちゅうどけい》の鎖《くさり》を摑んだ。その指先に、乾《かわ》きかけた血が張り付いているのを見た。

「先輩、さっき、なにをした？」

「ん？　お前を見張ってる連中が邪魔《じゃま》くさかったんでな、ちょっと眠《ねむ》ってもらった」

ちょっと？　眠らせた？

はたして、本当にその言葉通りの程度で終わっているのか？

ニーナの疑いの目にも、ディックは反応を示さない。『んな顔すんな。冗談《じょうだん》だって』といきなり明るく、そして意地悪く笑ってくれることを心のどこかで望んでいるような気がする。

しかし、そうはならない。

「そいつらの話はどうでもいい。用が済んだら、おれがお前をツェルニに戻《もど》してやる。どうせそん時にもあいつらは邪魔になるんだ。早いか遅《おそ》いかの話だ」

「そんな……」

「気にすんな、どうせ忘れる」

ディックの言葉に、ニーナはただ息を呑《の》む。

これが、彼の本性《ほんしょう》なのか？　最初に見た時の方が演じられた彼だったのか。

「色々と迷惑《めいわく》してるだろ？　そいつを取っ払《ぱら》ってやるよ」

そして、突然。

「っ！」

突如《とつじょ》として迫《せま》る暴風を前にして、ニーナは鉄鞭を振り抜いた。堅《かた》い衝突《しょうとつ》音が空へと駆け抜けていく。ディックの顔がすぐ近くにあった。三つの鉄鞭が絡《から》み合い、火花を散らす。

「なぜだ⁉」

「最初に会った時に言わなかったか？　欲《ほ》しいものは力尽《ず》く。お前を巻き込んだツケをここで踏《ふ》み倒《たお》そうって話だ」

力のせめぎ合いの中、ディックの内部で剄が膨《ふく》れあがる。跳び下がるか？　できない。腕《うで》にかかる圧力に変化はなく、動けばその瞬間《しゅんかん》にニーナは目の前の巨大な鉄鞭に叩《たた》きつぶされる。

ならば。

活剄衝剄混合変化《かつけいしようけい》、金剛剄《こんごうけい》。

ディックの全身から放たれた衝剄の奔流《ほんりゅう》を、金剛剄で耐《た》えきる。二つの剄が衝突し、その反発が二人の間に距離《きょり》を作った。

「なんで戦わなければいけない！」

「お前が抵抗《ていこう》しなけりゃ一瞬で終わる話だ」

「なら、説明しろ」

「どうせ忘れる！」

会話の間にも剄が高まっていく。一瞬の油断も許さない状況《じょうきょう》の中で、ニーナも金剛剄の余韻《よいん》を押しのけて勁を跳《は》ね上げる。

「強情《ごうじょう》な奴《やつ》だ」

「お前が、強引なだけだ！」

叫《さけ》び、前へと出る。だが、ディックの方が早かった。

いや、迷いがなかった。ニーナの中にあるためらいが次手への動きを鈍《にぶ》くさせているというのに、ディックにはそれがない。奔《はし》った勁で再び金剛勁を張る。繰《く》り出される一撃は先ほどと同じ軌道《きどう》を描《えが》き、交差させた鉄鞭に衝撃を走らせる。全身を稲妻《いなずま》のような痺《しび》れが駆け抜けた。

雷迅《らいじん》だ。ニーナの周囲でまばゆい紫電《しでん》の光が暴れ狂《くる》った。

「ぐううう」

「良く耐える」

感情のない冷たい声は言葉の途中《とちゅう》で遠退《とおの》いていく。ディックが後方に下がったのだ。

距離を開け、再びの雷迅。

後れを取ったニーナは金剛勁で再度耐えるしかない。衝撃が駆け抜ける。

防ぎ切れていない。ディックの雷迅はニーナの金剛勁をわずかに貫《つらぬ》いて、ニーナにダメージを蓄積《ちくせき》させている。その事実に戦慄《せんりつ》する。このままではやられる。ほんのわずか先に見える自分の未来に、ニーナは生まれてくる焦《あせ》りを必死に飲み込んだ。

（後手に回っていては……）

だが、そう考えている間にディックは再び下がり、三度目の雷迅が奔る。

金剛剄。交差させた鉄鞭が弾《はじ》き開かれる。

だが、今度の衝突では、ニーナは踏《ふ》みとどまることを放棄《ほうき》し、わざと吹《ふ》き飛ばされた。

押《お》し込《こ》まれた巨大な鉄鞭はニーナの眼前を行きすぎて路面を打ち、爆砕《ばくさい》を起こす。破片《はへん》が飛び散る中でニーナは剄を練り上げるとともに体勢を整えた。

距離は適度だ。ディックはやはり雷迅を放つ構えに入っている。どこまでも愚直《ぐちょく》な突進《とっしん》。

『己《おのれ》を信じるならば、迷いなくただ一歩を踏み、ただ一撃を加えるべし』

かつて、雷迅を見せられた時にディックに言われた言葉を思い出す。小手先の技《わざ》など存在しない。本気で戦う時は、ただひたすらに自らの最高の技を繰り出し続ける。

それが、ディックの戦い方か。

戦いの機微《きび》を無視し、その狭間《はざま》に奇《き》策《さく》を織り交ぜることもなく、果断なる攻《せ》めによって相手にもそういったものを使えなくさせる。いなされれば負け、対抗策を編み出されても負け、力押しで敗れても負け、圧倒的《あっとう》不利な勝負に自らを置き、己に宿る力をどこまでも掘《ほ》り続け、その底を覗《のぞ》き込み続けるような、愚《おろ》かなまでの突進。

それが、雷迅の真髄《しんずい》なのか。

「それならば！」

ディックがそれを続けるというのならば、ニーナもそれに応《こた》えるしか、いまは術がない。勁脈《けいみゃく》を意識する。勁という名の生き物。かつて、レイフォンにこう言われた。背中の一部、腰《こし》の辺りにある勁脈が疼《うず》く。その鼓動《こどう》が全身を揺《ゆ》らす。それは吐《は》き出され、体内を循《じゅん》環《かん》する勁の息吹《いぶき》だ。そして体外へと吐き出されて衝勁という破壊《はかい》的なエネルギーに変換《へんかん》される轟《とどろ》きだ。

その音を、鼓動を、もっと深く、巨大《きょだい》にしなければ。

いや、そうするのだ。

眼前で同じ構えを取るディックが笑う。凶暴《きょうぼう》な笑《え》みだ。潰《つぶ》し合いという愚かな戦いの泥《どろ》沼《ぬま》に足を踏み入れた者の笑みだ。ニーナ自身もいま、その泥沼に足を踏み入れている。

それを笑っているのか？

それとも勁の疾走《しっそう》に酔《よ》っているのか？

「いいぞ、良い覚悟《かくご》だ」

すぐに来るかと思われたが、ディックは笑みを浮《う》かべたまま言葉を紡《つむ》いだ。

「お前は、なにをしたいんだ？」

喋《しゃべ》っているこの瞬間も、ディックの体から放たれる勁の圧力は深みを増していく。ニーナも油断しないよう、勁を高めつつ、慎重《しんちょう》に口を開いた。

「なぜ、戦わなければいけない？　なにが起きている？　どうして、お前に命を狙《ねら》われなければいけない？」

「別に、お前の命は欲しくねぇ。……だが、そうだな、いきなりで乱暴にやっちまったのは、おれの失敗だ」

「そう思うなら、武器をおさめろ」

「さて、そいつはお前の返答次第《しだい》だ。ここでおれと戦うか、それともおれの提案を受け入れるか、お前にあるのはこの二択《にたく》だ」

「なんだと？」

「第三の選択なんてものは認めない。おれは、都合の良い結末なんて望んでないからな。わかるか？　映画のハッピーエンドっていうのは、誰もが少しずつなにかを我慢《がまん》して幸福の平均値を作り出してんだ。あるいは都合の悪い部分はとことんカメラの外に押しやるか、だ。そしておれはそういう平均的な幸福に興味はない。おれが望むままの答えを出せ、それが二択だ。お前がおれに差し出すべきもの、ぶん殴《なぐ》られて奪《うば》われるか、それとも黙《だま》って差し出すか、だ」

「…………」

あまりの暴論にニーナはなにも言えなかった。

強欲《ごうよく》都市のディクセリオ・マスケイン。初めて会った時、彼は狼面衆《ろうめんしゅう》相手にそう名乗っていた。自らを強盗《ごうとう》と呼びもした。そして生徒会棟《とう》にある像に刻まれた『求めよ、ならば力尽くで』という言葉。

それら全《すべ》てが、ディックがこういう人間であることを示している。

だが、ニーナはどこかで、彼はそうではないと思っていた。いや、思いたかったのか？

自分の技を惜《お》しげもなく教えてくれ、そして、狼面衆との戦いの中でも決してニーナのことを忘れなかった男。巻き込んだニーナを気遣《きづか》う空気があった。

そういう男だと思っていたのだ。

「……わたしの、なにを奪おうって言うんだ？」

「記憶《きおく》だ」

「なんだって？」

「狼面衆に関《かか》わった記憶だ。そいつを奪わせてもらおう。なに、しばらくは記憶の整合性がとれなくて情緒《じょうちょ》不安定とかになるかもしれんが、それもちょっとの我慢《がまん》だ。過ぎちまえばまとめて記憶の底の底だ。五年もすりゃ、そんなこともあったと笑っていられる」

「なにを言ってるんだ?」

「おまえを、こっちの戦いから解放してやろうって言ってるんだ。感謝してくれても問題はないと思うんだがな」

「そんなことができるなら、なぜあの時しなかった?」

「浅い関わりならなんの問題もなく消せるんだよ。だが、お前は奴らの仮面の向こうを見た。そこにあったオーロラ粒子《りゅうし》に触《ふ》れた。そいつは奴らの存在源。汚染《おせん》物質になる前の、この世界の向こう側のもんだ。そいつに触れちまった因果を消すのは簡単じゃない。記憶障害になるのもかわいそうだと、いい人ぶっちまったのが失敗の元だな」

「そんな……」

なんと言って良いのか、わからない。

記憶を奪う。ニーナから狼面衆に関わる記憶を消すという。

それは、これからグレンダンで起こることにも関係しているのではないのか? そしてそれに対して、なにもわからないまま見守れと言うのか?

「なんで、そんな……いまさら、知ってしまったんだぞ? それなのに、どうして知らないふりができる」

なにもわかっていないのは、いまでも同じかもしれない。この世界の成り立ち、サヤとアイレインという二人の存在、その数奇《すうき》な運命とイグナシスとの戦いがこの世界を作るきっかけとなった。その戦いはいまなお形を変えて続き、そしてもうすぐ、大きな戦いが起ころうとしている。

それだけはわかっている。しかし、それがどんな風に起こるのか、どんな規模のものになるのか、そしてその果てになにが起きるのか？　イグナシス側が勝てば、本当にこの世界はなくなってしまうのか。あるいは勝利に終わったとしても、電子精霊《せいれい》たちの懸念《けねん》が存在する。そしてこれから起こる戦いは、実はまだ前哨戦《ぜんしょうせん》にしか過ぎないかもしれない。

そんな中で、電子精霊はニーナになにかを期待している。メルニスクを宿したニーナに、なにかを期待している。

「なんでいまさら、そんなことを言うんだ！」

戸惑《とまど》いの中から吹《ふ》き出してきたのは、怒《いか》りだ。

小隊対抗戦。第一小隊との戦いの後に起きた騒動《そうどう》。その中でニーナはメルニスクに取り憑《つ》かれ、そしてマイアスへと飛ばされた。なにもかもわからない中で、自動的のような使命感に従って狼面衆と戦った。迷いもあった、悩《なや》みもあった。不意に現れたこの問題を誰にも打ち明けることができなかったのだ。突然の行方《ゆくえ》不明の理由を、誰にも説明できなかった。してしまえば、自分のように他の誰かを巻き込んでしまうかもしれないから、うかつに喋《しゃべ》ることもできなかった。なにが原因で自分がこうなってしまったのかがわからなかったからだ。

狼面衆とはなんなのか？　彼らはなにを目的としているのか？

わからなかった。いまでも、全てがはっきりとしたとは言えないかもしれない。しかし、それ以前は本当になにがなんだかよくわからなかった。その中で、ニーナはじっと耐《た》えてきた。心配してくれる仲間たちにさえも秘密を押《お》し通し、ずっとやってきたのだ。そしていま、自分でもどうしていいのかわからない巨大《きょだい》な事態の中に放《ほう》り込《こ》まれている。

動き出したことで、ようやくなにかが見えてきた。自分がすべきことが、自分ができることが。いまはまだはっきりと見えないが、その兆《きざ》しがここにある。この、グレンダンにある。世界の創世、その過程に存在する対立の物語、その先にある電子精霊たちの思惑《おもわく》……ようやく、見えてきたのだ。その中で自分がどう立てばいいのかも見えてきた。どこに向かえばいいのかが見えてきた。

「やっと……やっとわかってきたんだ。それなのに、それなのに………」

無力感に苛《さいな》まれ続けてきたニーナにとって、自分にはなにかが出来るかもしれないという気持ちほど、大切なものはない。

そんな時になってこの男は現れて、こんなことを言う。

それを奪おうと、自分の前に立ちはだかる。

ディクセリオ・マスケイン。この男こそが、ニーナをこの状態に導いた張本人だというのに。

「勝手が過ぎるぞ、貴様！」

その怒りも、ディックには通用しない。

「心配すんな。忘れちまえば、そんなことも気にならなくなる」

涼《すず》しい顔でそう言ってのけるディックの心が、ニーナにはわからない。

わからないことだらけだ。

「……貴様は勝手を通すというのだな」

「当たり前だ。それがおれだからな」

「それなら、わたしの答えは決まっている」

乱れかけた剄の流れを整え直す。剄息《けいそく》を引き締《し》めろ。剄脈の鼓動よ、どこまでも速くなれ、高まれ、この体を揺らさんばかりに、この体を引き裂《さ》かんばかりに。

「わたしも、勝手を通す」

剄が高まる。かつて自分でなしえたことのない剄の密度が実現できる。巨人との戦いでメルニスクの助力を得た時ほどではないにしろ、己の力のみでここまでの剄を練り上げたことはない。

「お前に会い、巻き込まれここまで来た。踊《おど》らされたままでいられるものか、見ない振《ふ》りなどできるものか！　わたしはここから、自分の足で進む。お前の都合など知ったことか」

目の前のディックだけではない。電子精霊たちもだ。メルニスクの決意が先送られたからと、彼らが画策する手段の部分を、そこで負うことになるだろうニーナの役割も話すことはなかった。

ニーナの存在を無視しているのだ。ニーナのことを、都合の良い道具だとでも思っているのか？

いや、もしかしたら違《ちが》うかもしれない。シュナイバルやグレンダンはともかく、ツェルニがそんなことをするとは信じたくはない。だがいま、ディックの態度によって点《つ》いた火は、あの場で感じた戸惑いまでも怒りに変えた。

事情をわかっている者の持つ優位を振りかざし、ニーナを自由に扱《あつか》おうとしているように感じたのだ。

「この世界が危機だというのなら、わたしは、自分の手と足でそれに立ち向かう」

「……優《やさ》しさで言ったつもりだがな、おれは」

ディックからの圧力に依然《いぜん》変化はない。乱れることも揺れることもなく、密度と量を増し続ける。その顔には少し前の高揚《こうよう》はなく、冷め切った表情でニーナを見つめている。

「こんなばか騒《さわ》ぎに、お前みたいなまじめな奴《やつ》が出てくるもんじゃない。きっとばかばかしくて腹を立てるに決まってんだ。それなら見ない方がいい」

「それを決めるのも、腹を立てるのもわたしだ。お前の決めることじゃない」

「しかたねぇ奴だ」

ディックの鉄鞭は肩《かた》に担《かつ》ぐようにして置かれている。隙《すき》だらけにしか見えない。いや、攻撃《こうげき》以外はなにも考えていない構えなのだ。あそこから駆《か》け、振り上げ、そして振り下ろすことしか考えていない構えだ。

そういう心境で放つことにこそ、意味のある技《わざ》なのだ。

ニーナも鉄鞭を持ち上げる。双鉄鞭《そうてつべん》という、武器は同じでも、二つを同時に操《あやつ》るのではやはり違う。そう思って構えには工夫《くふう》してきた。

だが、いまのままではだめだ。雷迅《らいじん》という技の真髄《しんずい》は捨身の一撃なのだ。どこかで自分を守ることを考えていては、ディックが放つものには対抗《たいこう》できない。

いままでの構えをゆっくりと変化させる。牽制《けんせい》のために突《つ》きだしていた左の鉄鞭を引き戻し、右の腕《うで》と交差させる。体を縮め、まるで自分を抱《だ》くかのように深く交差させる。デイックが振り下ろしの一撃ならば、こちらは左右からの薙《な》ぎ払《はら》い。その形に変化させる。

急場の構えだ。雷迅を摑《つか》んだと感じたのは、この間のツェルニでの戦いが初めてだ。そんな状況《じょうきょう》で、そしてこんな後戻《あともど》りのできない場所で構えを変える。愚《おろ》かな行為《こうい》にも思える。

しかし、失敗すれば記憶《きおく》を失い、かつての無力感を再び抱《かか》えてツェルニからこの戦いを眺《なが》めることになるだろう。

(そんなことに、なってたまるか)

ならば、不安を覚えた構えにこだわることなく、いま、最善だと思う型に変えて突き進んだ方が良い。

剄の密度はこれ以上ないほどに増している。このままいけば体内で爆発《ばくはつ》するのではないか……？　そんな不安さえ感じそうになった瞬間《しゅんかん》、動いた。

それはほぼ同時だ。

活剄衝剄混合変化《かつけいしょうけい》、雷迅。

二条の稲妻《いなずま》が衝突《しょうとつ》する。破壊《はかい》の光弾《こうだん》となってぶつかり合い、周囲を爆砕《ばくさい》し、そして両者のエネルギーによって弾《はじ》き飛ばされる。

「くっ……」

全身に走る痺《しび》れを活剄で瞬時に消していく。痛みはない。麻痺《まひ》しているのではなく、衝勁同士のぶつかり合いが互角《ごかく》に終わった証拠《しょうこ》だ。反作用すらも勢いの中に飲み込んだような一撃は、ぶつかり合い、食い合い、そして一点に収束して爆発した。いま感じている痺れはその爆発で受けた衝撃だ。

(次っ！)

ごく自然に、ニーナは爆発に飛ばされながら次の勁を練る。雷迅の戦い方はすでに見た。倒《たお》すまで、あるいはこちらが倒れるまで放ち続ける。そういうものなのだ。いまの一撃に倒したという手応《てごた》えはなかった。ならば向こうも次を出す。

爆煙《ばくえん》の向こうにディックの姿が……

雷迅。

放つ。駆ける。最初に地面を蹴《け》る感触《かんしょく》以外はなにもない。握《にぎ》りしめた鉄鞭の重み。それだけに意識が、そして勁が注がれる。鉄鞭を振るうのではない。己自身も鉄鞭と化して敵を食い破るために突き進むのだ。

衝突。爆発。吹き飛ばされる。

(次っ！)

繰《く》り返す。

勁を練り、体勢を整え、そして放つ。

（次っ！）

繰り返す。全身の感覚が次第《しだい》に遠くなっていく。自分がいま、どんな表情をしているのか、そして自分の体がどんな状態なのかもわからなくなる。没入《ぼつにゅう》しているのだ。だがそれは、なんに対してだ？　ディックを倒すことにか？　雷迅を放《はな》つことにか？

衝突。今度はすぐには爆発しなかった。力が拮抗《きっこう》したのか、三つの鉄鞭の間で両者の勁が凝縮《ぎょうしゅく》され、爆発の一歩手前で、圧力によって押《お》さえ込《こ》まれている。

「まったく、おまえはとんでもない成長を見せるな」

間近にあるディックが呟《つぶや》いた。

「だがまぁ、わかるぜ。抜《ぬ》け出すってのはそういうことだ。心のたがを外しちまえばそうなっちまう。限界ってのは誰が定めた？　誰でもない、自分自身だ。おまえはいま、そのたがが外れちまった状態にある。我に返った時に気をつけないと、ぶんまわされるぜ」

どこかで双方《そうほう》からの圧力に歪《ひず》みが生まれたか、爆発が起こる。天高《てんたか》く勁の光が昇《のぼ》り、ニーナは跳躍《ちょうやく》して後退した。

（次だ！）

ディックの言葉。そんなものは知ったことか。勁を走らせろ。勁脈を振るわせろ。その鼓動《こどう》を世界に叩《たた》きつけろ。わからないままにニーナを振り回す全《すべ》てに、己《おのれ》の存在を叩きつけるのだ。

「だが、覚えてなければ、次はないがな」

ディックの呟き。

その瞬間、彼の顔がなにかに覆《おお》われた。仮面だ。狼面衆《ろうめんしゅう》の仮面。そうだ。ツェルニから
ディックを見た時、なぜか彼はこの仮面を被《かぶ》っていた。

なぜ、狼面衆の仮面なのだ？

「貴様っ！」

この男も狼面衆なのか？　ディックではないのか？　偽者《にせもの》だったのか？

「偽者とか、狼面衆の回し者とか、そういうんじゃないぜ」

こちらの思考を先回りして、ディックが言う。

そして、剄が爆発的に増加した。彼の周囲が青い光に覆われ、力が増していく。周囲に
放たれた波動が、物理的にニーナの肌《はだ》を撫《な》でていった。

その背後にある、なにかがニーナの目に映った。

（おお……）

どこかで、そんな呻《うめ》きともつかない声が響《ひび》く。それがメルニスクのものだとすぐにわか
った。夢の中の態度から、再《ふたた》びいなくなったかとも思っていたが、廃貴族《はいきぞく》は変わらずニー

ナの中にいた。

しかし……まさか……

「廃貴族……だと」

廃貴族憑《つ》き、元は電子精霊《せいれい》、そういう特典……クラリーベルの言葉が脳裏をよぎる。そういうことなのか？　ディックも廃貴族憑きだから、狼面衆と戦っていたのか？

その背後に見えるのは、黒い靄《もや》とそこから生えた枯《か》れた手だった。女性のものらしい細く長い指がディックの首に向けて伸《の》びている。指先にある爪《つめ》が首の皮膚《ひふ》に食い込んでいる。

まるで、縊《くび》り殺さんと憎悪《ぞうお》の手を伸ばしているかのように見える。

蒼《あお》い炎《ほのお》。ディックを包む剄の光。ニーナと同じものを纏《まと》っているというのに、彼のそれは幽鬼《ゆうき》の放つ負の炎のように思えてしかたがない。

「これで終わらしてやる」

雷迅の、構え。

こちらはいつでも打てる。だが、力の均衡《きんこう》が一瞬で覆《くつがえ》されたことをニーナは理解した。

このまま打てば、倒れるのはこちらだ。

「メルニスク！」

ニーナは叫《さけ》んでいた。内側で眠《ねむ》る廃貴族が、いま震《ふる》えを返した。あの夢の中で煮《に》え切らない態度を取っていたというのに、それでもニーナの言葉に応えた。

「力を貸せ」

(承知。だが気をつけろ、極炎《ごくえん》の餓狼《がろう》を従えた男だ)

知るものか。

メルニスクの言葉の意味を考えている暇《ひま》はない。ニーナの全身も青い光に包まれ、剄《けい》力《りょく》が格段に跳《は》ね上がるのを感じた。

「ちっ、もう使いこなしてやがるか。だがな……」

ディックが動く。ニーナもそれに合わせて、技《わざ》を放つ。

活剄衝剄混合変化、雷迅。

いままでとは違う圧力と勢いに、ニーナは一瞬、自分の位置を見失いかけた。それは時間にすれば一秒以下でのことでしかない。すぐに活剄で強化された運動能力に頭が追いつき、現状を把握《はあく》する。ディックはすぐそこに。両腕に伝わる鉄鞭の感触。空気を切るというよりも抉《えぐ》るようにして駆け抜け、その存在を主張している。

ディックが鉄鞭を振り下ろす。

呼吸を合わせたかのようにニーナの双鉄鞭もまた、青く輝《かがや》く衝剄を引き連れて振り上げられた。

その結果は、やはり一秒にも満たない時間の中で現れる。

不可解な感触は、振り上げたその瞬間からあった。大気を押《お》し潰《つぶ》しながら進む鉄鞭《てつべん》の感触だ。軽く感じるのは、廃貴族の助力によって活剄もまた増しているからに違《ちが》いない。速度が増しただけ鉄鞭にかかっていた負荷も増しているはずだが、それを上回る筋力を実現させたに過ぎないだろう。

違和感《いわかん》は、別の場所にあった。それは、どこがどう……とはっきり言えるものではなかった。ただ、握りしめ、剄を注ぎ、そして腕全体に伝わる感触、空気を薙ぎ払って獲物《えもの》へと向かう感触、重心の移動、それら全ての部分でなにかが違う。

こうではないと思わせるものがある。

それは、小さな不安を呼び、そして三振《ふ》りの鉄鞭が絡《から》み合うように噛《か》みつき合ったその瞬間に現実のものとなった。

その音は、ひどく澄《す》んで聞こえた。

眼前で展開された光景が信じられない。

青い剄の光を照り返しながら、それは飛散していく。ひどく軽くなった両腕が心許《こころもと》ない。まるで、腕そのものを引きちぎられたかのような、現実を受け入れられない精神的空白がニーナを占《し》めた。

その空白を引き裂くかのようにディックの鉄鞭がニーナを襲《おそ》う。

咄嗟《とっさ》に金剛剄《こんごうけい》を奔《はし》らせることができたのは、防衛本能のなせるわざだろう。

だが、発動のタイミングが微妙《びみょう》だった。鉄鞭に込められた剄の何割かが金剛剄が張られる前にニーナの体に触《ふ》れ、そして体の芯《しん》を突《つ》き抜《ぬ》け、その名のごとき雷撃《らいげき》の疾走《しっそう》を全身に浴びた。

吹《ふ》き飛ぶ。その最中にも、ニーナは両腕を見つめた。寂《さび》しくなったその腕を見た。握りしめた拳《こぶし》の中には、残骸《ざんがい》があった。鉄鞭の柄《つか》の部分だけをニーナは虚《むな》しく握りしめていた。

砕《くだ》けたのだ。

ぶつかり合いの末の力負けで砕けたようにはとても思えない。

地面に落下したその瞬間、激流の中に身を置いたかのように現実がニーナを襲った。

「がはっ！」

空気の塊《かたまり》を吐《は》く。その中に、かすかな血が霧《きり》となって混ざっていた。気管が痺《しび》れたのか、それともあまりの衝撃に肺が動き方を忘れたのか、ニーナは息ができなかった。胸の狭間《はざま》に激しい痛みがある。だが、表面的な痛みはそこにしかない。打撃《だげき》の衝撃は全《すべ》て体の内部に達し、内臓を痛めつけていた。

「普通《ふつう》の錬金鋼《ダイト》が、いまのおまえの剄力を受けきれると思ってたのかよ」

眼球内の血管が破裂《はれつ》したのか、視界が赤く染まっていた。淀《よど》んだ赤がニーナを見下ろすディックを染め上げる。

肺はなんとか持ち直した。だが、ショック症状《しょうじょう》なのか、思考がうまく働かない。指先や外気に触れる肌が、電気が流れているかのように痺れていた。

体が動かない。

突然《とつぜん》の変化に体も意識もいまの状態に追いついていなかった。なにが起きた？　いや、それはわかっている。だが、まさかこんな……そんな思いが頭を支配して先に進めない。

手からは痺れ以外にはなにも感じなかった。いや、手だけでなく体全体がそうなのだが、いまはそこにあるべき感覚がないことが心を重く占めている。

鉄鞭の存在が感じられないことが、心を占めている。破片《はへん》となって飛び散る様が脳裏に焼き付き、それが消えることがない。

ニーナの剄に、耐《た》えられなかった。

そんなことが起きるのか？　いや、知ってはいた。レイフォンがそうだという話だ。彼の実力は天剣《てんけん》以外では十分に発揮されることはないと、ハーレイも語っていた。だからこそ、リーリンの運んできた錬金鋼《ダイト》を持ってもらいたかった。実力が発揮できなくとも、せめて幼い頃《ころ》から培《つちか》ってきた技だけでも使えるようになって欲《ほ》しかった。

それは、彼が過去と向き合うことでもある。過去の自分を許すことにもなる。それは、彼を戦いの世界に引き戻《もど》したニーナの純粋《じゅんすい》な思いだった。

戦い続けるレイフォンがよりマシに戦えるようになって欲しい。

しかしまさか、そんな現象が自分に降り注ぐとは……

いや、いま衝撃《しょうげき》を受けているのは、心を占める空白や破壊《はかい》の光景から抜けられない理由は、それだけではない。

鉄鞭の感触《かんしょく》がない。

長い間、武芸者としての訓練を始めてから、ずっと握り続けてきた鉄鞭の感触が失われた。無骨な武器を流麗《りゅうれい》に扱《あつか》う父に憧《あこが》れて振り続けてきた武器が壊《こわ》れた。武器はただの武器だ。いま握っている鉄鞭だって、ツェルニに来てからハーレイに作ってもらったものだ。そもそも学園都市に来てから、何度も故障やいろいろな理由で取り替《か》えてきたではないか。この鉄鞭そのものに愛着はあっても、そこまで衝撃を受けるものでもないはずだ。

では、どうして？

「さて、それじゃあ今度こそ消させてもらうか」

ディックが呟き、そして手を伸ばしてくる。

赤い視界に、五指を開いた手が迫《せま》る。

（そうだ）

なぜ、衝撃を受けているのか。

鉄鞭という武器が破壊されたからではない。

そこに込め続けた自分の思いが壊れたような、そんな気がしたからだ。

†

深い場所で、ツェルニはそれを感じ取った。

学園都市の機関部だ。ツェルニはそこから一歩も動いてはいない。縁システムを利用したシュナイバルらとの対話もこの場所から行った。いまのツェルニは、破壊された都市の駆動《くどう》部の修復という作業がある。それを行うためにも、ここから動くことはできなかった。

だが、感じた。

それは、痛みと悲しみに彩《いろど》られた悲鳴だ。愛着のある存在が、そんな声を上げる。そのことに動揺《どうよう》した。

電子精霊として、ツェルニは都市を維持《いじ》しなければならない。都市の足を破壊され、動きに支障が出ている。外見上は足が一本折れただけだが、その時の衝撃が内部の機構のいくつかに歪《ゆが》みを生じさせている。動けないわけではないが、いまのままでは汚染獣《おせんじゅう》から退《たい》避《ひ》するための十分な速度を得ることができない。バランスも悪い。このまま動こうものなら、都市上での人間たちの活動に支障が出るだろう。

そのためにも、一刻も早く直さなければならない。これから起こることに、自分の都市に住む若者たちを巻き込みたくはない。

だが、感じてしまった。

ニーナの悲鳴だ。

機関部の上で、ツェルニは数度旋回《せんかい》する。

行くべきか、行かざるべきか。

行くべきではない。電子精霊として、そしてそれ以上にこの世界の運命に関《かか》わってしまっているツェルニだが、本来の役割を見失ってはならない。都市に住む人々を生かすことこそが、電子精霊の使命だ。そのために生まれ、そしてそのために世界を放浪《ほうろう》する。それが自律型移動都市の意思を司《つかさど》る、電子精霊の役目だ。

だが、迷っている。

ファルニールから得たエネルギーによって、ツェルニの姿はかつての童《わらわ》の姿からやや成長している。本来ならばツェルニほどに時を経《へ》ていれば、もっと成長していても良いはずだ。だが、ツェルニの姿はいまでもほんの少し成長しただけに過ぎない。電子精霊にとってその形にさほどの意味はないとはいえ、その自我を表現する形が童でしかなかったのは、ツェルニに特殊《とくしゅ》な事情があったからだ。

いま、エネルギーを得て、ほんの少しだが成長した。ツェルニに宿る機能のいくつかも向上し、学園都市の修復能力は格段に上がっている。このままいけば、足そのものの修復にはまだ時間がかかるだろうが、駆動系の歪みは直るだろう。

そのために、いつも機関部のメンテナンスを受け持っている機械科の生徒たちも奔走《ほんそう》している。彼らの苦労を水の泡《あわ》にしないためにも、ツェルニはこの場で都市の修復に集中していなければならない。

だが……

「お人好しすぎるのは、あなたの可愛《かわい》いところだけど、悪いところでもあるわね」

その声に、ツェルニは空中にいながら驚《おどろ》きに飛び上がり、そして声の主を捜《さが》した。

機関部のドームの上に、彼女は腰掛《こしか》けていた。

ニルフィリアだ。

「これ以上深入りする必要もないでしょう？」

夜色の少女に向かうツェルニに、彼女が手を伸《の》ばしてくる。その腕《うで》に絡《から》みつくように抱《だ》きつき、そして戦慄《せんりつ》するほどに美しい顔を覗《のぞ》き込んだ。

「電子精霊は電子精霊の役割を果たすべき。あなたもわかっているでしょうに。そんなに、あの娘《むすめ》のことが気になるの？」

「…………」

「ふふ、そうね。わたしも力は貸したわね。サヤの取り返した廃貴族《はいきぞく》をあの娘に戻してあげたわね」

「…………」

「どうして？　そんなのは簡単な理由よ。見てみたかったから。なにをって？　それは見ていればわかることよ」

だが、そのニーナはいま……

「そうね。いまのままだと脱落《だつらく》かな。でも、そうじゃないかもしれない。あの娘の性格はあなたの方がよくわかっているでしょう？　いままでのことを忘れたとしても、それで折れてしまうようには見えない。まぁ、あいつがやってしまえば障害が残ってしまうかもね。それがそんなに心配なら、後でわたしがフォローしておいてあげる。障害を取り除くくらいは簡単なものよ」

「…………」

「あら、それじゃあ納得《なっとく》できない？　あいかわらず困った子ね。でも、それならこれからどうするの？　悪いけれどあいつのフォロー以外では力は貸せないわ。わたしが本調子ではないことはわかっているでしょう？　空に穴でも開いてれば話は別だけど。ふふ、そんな状態のまま放置なんて、シュナイバルが許さないでしょうし」

楽しそうに笑うニルフィリアを、ツェルニは見つめる。彼女はどうしてここに現れたのだろうか？　グレンダンに向かったはずだ。そしてこれから起こることを見守るつもりだろう。シュナイバルやそれ以外の者たちと同じように、それによって起こることを見定めるためにグレンダンに移ったはずだ。

それなのに、どうしていま、ツェルニの前にいるのだろう？

「もしかして、見透《みす》かされているのかしら？」

それでも、ニルフィリアの妖《あや》しくも美しい笑《え》みが絶えることはない。

「でも、わたしが大事なのはツェルニだわ。あなたが危険な目に遭《あ》うというのなら、わたしはあの娘を見捨《みす》てろって言う。なにが大事かを、わたしは見失ったりはしない」

しばし、ツェルニはニルフィリアの言葉の意味を考えた。なにが大事か。なにを行うことが自分の望み通りになるのか、それを考える。

考えて、考えて……

頭を抱《かか》えて宙をぐるぐると回るツェルニを、ニルフィリアが見つめている。その表情は冷たく妖しく美しい笑みを浮《う》かべている。見るものを魔的《まてき》な蠱惑《こわく》に引きずり込む。

だが、ほんの少し、ほんの少しだけ、その笑みは暖かい。ツェルニを見る瞳《ひとみ》は暖かい。

冷たくて、暖かい。相反する二つの表情を同時に浮かべて、ニルフィリアはツェルニを見つめている。

その視線を受けながら、ツェルニはくるくると宙を泳ぎ、考える。

元住人と、いまの住人。

どちらが大事か、どちらの意思を尊重すべきか。

いままで自分の都市の上でも、そんな主張のぶつかり合いが流血沙汰《りゅうけつざた》に発展したことがなかったわけではない。そんな時、ツェルニは傍観者《ぼうかんしゃ》の立場をとり続けた。人々を生かすことが大事で、その上で人間たちがどう暮らしていくかには干渉《かんしょう》はしない。電子精霊が自らの都市に定めた方向性にさえ合致《がっち》していれば、それでよかった。

だが、いまは迷う。どうして迷うのか。

それがニーナだからだ。偶然《ぐうぜん》で自らの肉体が、電子精霊たちの望むものとなってしまった少女。彼女だからこそ、ツェルニは迷う。

本当にそうか？

本当にそうなのか？

本当に、それだけの理由でツェルニは迷っているのか？彼女のことを、運良く現れた便利な道具だと思っているのか？いいや、それは違《ちが》う。

「やっぱり、そういう結論？」

ニルフィリアの前に戻ると、彼女はそう呟《つぶや》いてやや苦笑《くしょう》の趣《おもむき》を見せた。

「…………」

「わかっているわ。だからこそわたしがここにいる。それは、あなただからよ、ツェルニ。あなただからこそ、わたしはここにいることができた。存在することができた。あなたがエネルギーをわけてくれたからこそ、わたしはこの世界にいまだに存在することができている」

彼女の指がツェルニの頬《ほお》を撫《な》で、髪《かみ》に絡《から》ませる。電子精霊にとって実体に意味はなく、この姿も電磁結束された仮初《かりそ》めのものにしかすぎない。だが、なぜかツェルニにしても、他の電子精霊にしても、最初に手に入れた自分の姿を基本のものとして成長する。形を自在にできるはずなのに、成長を反映させる必要などないのに、なぜかそうしてしまう。オリジナルが実体のある存在だからか、それとも形を持つということに、ツェルニや他の電子精霊たちでさえわかっていない重要な意味があるからか。

ツェルニがツェルニであるためには、この形が必要だということなのだろう。グレンダンやメルニスクが、自らの心のままに形を変じさせたように。

「なら、それを届ける役目はわたしがやりましょうか」

「…………」

「そんなに驚かなくても。あなたはこの都市を修復させるために動けないでしょう？　誰かが運び役をやらなくてはいけない。そして都市の生徒たちは、なるべく関わらせたくない。そうでしょう？」

「…………」

「それなら、わたしがやるしかない。わたしにとってはそれほど難しい作業ではないじゃない。なにをそんなに驚いているの？」

「…………」

「ああ。彼のこと？　別にわたしは彼の味方になったつもりはないわよ。それに、こうすることがわたしらしいようにも思えるのよね。それに……」

言葉を重ねる途中《とちゅう》で、ニルフィリアはそれを切り捨てた。唇《くちびる》に浮かんだ細い笑みもすぐに消え、夜色の少女が立ち上がる。

「もしかしたら、これでさよならかもしれない。生きたとしても死んだとしても、空に穴ができるというのであれば、わたしはそれに飛び込む。この間の穴は接続が短すぎて満足に吸収できなかったけれど、この体を起こすぐらいのことはできた。そして、そうなればもう、あなたに会うことはできないわ。この世界が滅《ほろ》ぼうと、滅ぶまいと、ことが動き出したのなら、わたしはわたしのやりたいことをする。あの時に感じた屈辱《くつじょく》を晴らす。迷惑《めいわく》ばかりをかけたあなたのためにできることは、これぐらいのことしかないのよ」

ニルフィリアの淡《あわ》い表情に、ツェルニは彼女の胸に飛び込んだ。

「…………」

「ありがとう。あなたにだけは、純粋《じゅんすい》にこの言葉を使えるわ」

「…………」

「ええ、そうね。その時はもう一度」

ニルフィリアの腕が開き、ツェルニは再び宙に舞《ま》い上がる。幼女の手がなにもない空中に差し出され、そして光が爆《は》ぜた。

強烈《きょうれつ》な光が機関部を支配し、そして凝縮《ぎょうしゅく》されていく。ニルフィリアの前で一つの塊《かたまり》となり、光を失い、ゆっくりと降下を始めたそれを、夜色の少女は手に取った。

「……わたしが力を貸してもよかった。彼と同じように。だけど、あの娘に必要なのはわたしではなく、あなたの笑みなのよ、きっとね」

ニルフィリアのその言葉に、ツェルニは笑みを浮かべた。電子精霊《せいれい》の笑みに、夜色の少女は淡く切ない笑みを返し……

「それじゃあ、さようなら。あなたとの時は、本当に心地《ここち》よかった」

消えた。

取り残されたツェルニは機関部の上に移動する。

再び都市の修復に意識を集中する。

その姿が、元の幼い童のものとなっていてもツェルニは気にしなかった。

†

赤い視界に広げられた手が迫《せま》る。

終わりがすぐそばにあるような錯覚《さっかく》をニーナは感じていた。ディックの言葉を信じるのならば、死ぬことはない。

しかし、いまのニーナは死ぬのだ。この記憶《きおく》を持ったニーナは。

わけがわからないままに巻き込まれ、そしてまたわけがわからないままに追い出されようとしている。別の事情ならばせいせいしたと思えるのかもしれない。だが、これはそう思えない。ディックに吐《は》き出したように、苦い思いもした。苦しい気持ちを味わった。誰かに聞いて欲しいと眠《ねむ》れない夜を過ごしたこともある。

苦しいことばかりだ。

だが、それでも、いまさらこの事態の外側に追い出されるのは承知できない。関《かか》わってしまったからというのもある。だが、それ以上にこの地がグレンダンだということも関係している。

レイフォンが関係している。

彼を再び戦いに巻き込んだのはニーナなのだ。もちろん、それだけではない。ツェルニが逼迫《ひっぱく》した状況《じょうきょう》だったということもある。彼の素性《すじょう》をカリアンに知られていたということもある。だが、それでも最終的に彼を戦場に立たせ続けたのはニーナなのだ。そうしようと思えば、レイフォンの過去を知った時に隊から追い出すこともできた。あるいはカリアンが妨害《ぼうがい》をしてくるようなこともあったかもしれないが、その時にはニーナはカリアンと真っ向から衝突《しょうとつ》しただろう。

だが、そう考えるのはいまのニーナだ。ほんの数か月前とはいえ、当時の自分にそんな考えを持つことができたか？

あの頃《ころ》のニーナは、ただひたすらツェルニのためになにかがしたいと思っていた。そのために、レイフォンという戦力を手放す勇気がなかった。

（わたしが、あいつを巻き込んだんだ）

そしてここはグレンダンだ。レイフォンにとって因縁《いんねん》深い場所だ。

最初の決意のまま戦いを止めていれば、あるいは彼は天剣たちと戦わなくてもよかったかもしれない。リーリンがツェルニに来ることもなく、あんな攫《さら》われるようなことにもならなかったかもしれない。

ニーナが、レイフォンを戦場にとどめ続けた。カリアンにも言われたではないか、『戦う理由を預けている』と。

レイフォンはきっと、このグレンダンにやってくるだろう。リーリンに課せられた運命を知らないままに、ただ強引に連れ去られたと感じて取り戻《もど》しにやってくるだろう。

やってくれれば、レイフォンはどうなる？　これから起こる、女王と天剣授受者《てんけんじゅじゅしゃ》たちがいなければどうにもならないような巨大《きょだい》な戦いの中にレイフォンは飛び込んでいくことになるのか？　天剣を持たないままで。実力を十分に発揮できず、いまのニーナのように錬金鋼《ダイト》が壊れるかもしれないという不安を抱《かか》えて戦わせることになるのか？

レイフォンがそんなことになるというのに……

（わたしは、またなにもできないままなのか？）

いつだってそうだ。意思ばかりが先立って、なにもできていない。ツェルニに幼生体が襲《おそ》ってきたあの時から、ニーナになにができた？　ただ、レイフォンを戦わせただけではないか。

（それが許せるのか？）

許せない。許せるはずがない。そんな自分がみっともない。殺してしまいたい。消し去ってしまいたい。過去の己《おのれ》を踏《ふ》み越《こ》えて、さらに強くなる。そう願って学園都市にやってきた。だというのにいまだに自分はなにも踏み越えていない。無力感ばかりを胸に抱いてここまでやってきたとしか思えない。

そしてここにきてもまた、己の無力を嘆《なげ》くのか？

無力感だ。無力感こそが、いままでのニーナを突《つ》き動かしてきた。なにもできないという事実に打ち倒《たお》されながら、そのままでいられるものかとここまでやってきた。目的と手段を時に間違《まちが》えながら、それでもここまでやってきた。巻き込まれながら、自分の望むことは思えないながらもここまでやってきた。

迷走しながら、間違った方向に進んでいるかもしれないという不安に怯《おび》えながら、それでも歯を食いしばってここまでやってきた。

自分で望んだ場所ではなくとも、ここまでやってきた。

それを、失うのか？　こんなにも簡単に。

（立て、立つんだ。わたしは、こんなところで終われないんだ！）

唇は震《ふる》えるばかり、手足に感覚はない。視界は血に汚《よご》れている。

なにもできはしない。

だが、それでも……

（立て！）

心はまだ、死んでいない。

立てと叫《さけ》び続ける。ディックの手はゆっくりと近づいてくる。指の先に点《とも》る淡《あわ》い勁《けい》の光。

それが、ニーナから記憶を奪《うば》うのか。いまの自分を失うことと死は、はたしてどこに違いがあるのだろう。

（動け！）

叫び続ける。少しでもいい。抵抗《ていこう》しなくてはならない。鉄鞭《てつべん》がなくとも、なにかができるはずだ。この手から逃《のが》れるために、ディックに抗《あらが》うために、動かなくてはいけない。

「手を貸してあげましょうか？」

その声が、いきなり耳に届いた。

（誰だ？）

いや、わかっている。この、精神の奥《おく》の奥まで震わせる魔性《ましょう》の音色を忘れるわけがない。

同じ声音を使える者が他にいるとは思えない。

ニルフィリアだ。

声は、ニーナにしか届いていないのか、ディックの動きに変化はなかった。

「あなたにあげられるものがある。あいにくと、わたしからのプレゼントではないけれど」

声だけしか聞こえない。あの、見ないという選択肢《せんたくし》を与《あた》えない美しい姿はどこにもない。ただ、声だけが響《ひび》いてくる。それだけでもニーナの心に危険な浸蝕《しんしょく》を及《およ》ぼすことにはかわりない。

(なにを言っている?)

「迷っている時間はないわよ。だけど、あなたの前にあるのは二つの選択肢。ディックに忘れさせてもらうか。それともこのまま前に進むか。彼は記憶障害がどうとか言っているけど、それはわたしがなんとかしてあげる」

いきなりの言葉に、ニーナの理解が追いつかない。

選択肢。この少女までも、それをニーナに言う。

「前に進みたいのなら、そうさせてあげる。でも、言っておくけれど、そちらを選ぶのであれば、やり直しも途中《とちゅう》で逃《に》げ出すことも許さない。その時にはわたしが殺す。絶望に絶望を塗《ぬ》り固めさせてあなたを殺す。あなたにあげられるものがどれだけ大切なものだったか、それを精神の奥深くにまで教え込んでから殺す」

ニルフィリアの言葉の意味がわからない。だが、その声に宿っているのは、ツェルニの地下で出会った時のような、どこか、こちらを弄《もてあそ》ぶようなものではなかった。秘められた怒《いか》りを感じた。

なにに怒っているのか？

だが、考えている時間はない。前に進むか、諦《あきら》めるか。

決まっている。

諦めれば、このままディックに記憶を奪われればどうなるのか、いままでそれをずっと考え続けていたではないか。

（わたしはいつだって、前に進みたい）

どちらを選んでも後悔《こうかい》をするというのなら、前に進んだ上で後悔したい。

ニーナ・アントークは、そういう人間なのだ。

「ふん」

短く、吐《は》き捨てるようにニルフィリアが息を吐いた。

「いいわよ。それならばあげる。損な役回りばかり選んでしまうようなかわいそうな子の、大切なプレゼント。あなたにそれが見合うのか？　そんなことすら考えないかわいい子の大事な大事なプレゼント。大切に使いなさい」

その言葉の後。

変化は突然《とつぜん》に。

「さようなら、だ。次に目覚めた時は、おれのこともなにもかも忘れてるだろうぜ」

ディックの言葉。そして彼の手が額に触《ふ》れようとしていた。

手に、壊《こわ》れた錬金鋼《ダイト》を握《にぎ》りしめたままの手に変化を感じたのはその時。

体に力が満ちたのはその時。

赤く淀《よど》んでいた視界が鮮明《せんめい》になったのはその時。

全《すべ》てが正常へと立ち返ったと確信したのは、その時。

ニーナは、動いた。

握りしめたものの正体を確かめる暇《ひま》もなく、それを振《ふ》るう。ディックの驚《おどろ》いた顔が即座《そくざ》に遠退《とおの》く。跳《は》ね起き、そのまま身構える。

「おいおい……」

ディックの声には驚きと戸惑《とまど》いと……

「こいつは、なんの冗談《じょうだん》だ？」

そして怒りがあった。

「貴様の思うようにはさせない」

ニーナは答え、そして手にかかる重量の正体を確かめる。

鉄鞭だ。壊れたはずの鉄鞭が、元の形のままそこにあった。見た目にはなんの変化もない。だが、なにかが違うと感じさせた。もう二度と壊れることはない。なんの根拠《こんきょ》もないのに、そんな確信が心にしっかりと根付いていた。

体に宿る力そのものに変化はない。メルニスクが無言で力を貸してくれている。青い光を放つ剄の圧力は、先ほどと同じだ。だが、それ受けて輝く鉄鞭には、なんの不安も感じない。

これほど心強いことはない。

「わたしをここに連れてきたのは、お前のせいなのかもしれない」

存分に戦える。後悔のない戦いができる。そう感じられることが心強い。

「だが、いまここに立っているのはわたしだ。ここを去るかどうかは、わたしが決めることだ。貴様が決めることではない」

「優《やさ》しく言ってるうちに言うこと聞けばいいのによ」

ディックが鉄鞭を肩《かた》に担《かつ》ぐ。

「言ったぜ、おれは。欲《ほ》しいものは力尽《ず》くだってな」

「それなら、わたしも力尽くで進むまでだ」

剄をさらに高める。ディックの剄も。お互《たが》いに青い剄を炎《ほのお》のように激しく揺《ゆ》らめかせ、衝突《しょうとつ》の瞬間《しゅんかん》に向けて剄脈の鼓動《こどう》を加速させ続ける。

だが、それが起きることはなかった。

いきなり、ディックの剄が霧散《むさん》した。こちらが戸惑う間に彼は錬金鋼《ダイト》さえも基礎状態に戻《もど》し、剣帯《けんたい》におさめる。

「なんのつもりだ？」

「やめた、あほくさい」

脱力《だつりょく》した顔でディックが答える。その顔は、本気でうんざりとした様子を表していた。

「人の善意を無駄《むだ》にしやがって」

「善意だと？　どこが？」

あれが善意だというのなら、この男の精神か常識か、どちらかが大きく歪《ゆが》んでいる。

「言うこと聞かないガキは殴《なぐ》ってわからせる。当たり前だろう」

「ふざけるな」

「大まじめなんだがな」

赤い髪《かみ》をかき混ぜ、大きなため息を吐《つ》く。

「まぁいいや。もう好きにしろ。そんなもんを持っちまったんだ。いまさら忘れろなんて言えるか」

その目は、ニーナの鉄鞭に向けられていた。

だが、ニーナにはこの鉄鞭の意味がわからない。あの声、ニルフィリアが与えてくれたものがこれだろう。だが、これはあの夜色の少女の手になるものではない。彼女はあくまでもこれを運んできただけのようなことを言っていた。

自分の手にあるものを見つめる。心強い感触《かんしょく》がある。握った手応《てごた》えそのものは、壊れた、ハーレイの調整してくれたものとなにも違いはない。そういった感覚では、違いはなにも見出《みいだ》せない。

しかし、違うのだ。ニーナの、廃貴族《はいきぞく》によって増強された剄を受けても、この錬金鋼《ダイト》は決して壊れない。そういう確信が消えることがない。

そして、あんな不可思議なことが起きたというのに、ニーナはそれに不安を感じていない。決して壊れないという確信とは別に、心が温まるような安心感も与えてくれる。

これは、そういう不思議さを持っていた。

「お前は、これがなんなのか、知っているのか？」

「……自分で確かめろ」

ディックの目が、ひどく冷たくニーナに向けられた。

視線の圧力に押《お》され、ニーナはなにも言えなくなる。

「二度だ」

「なんだって？」

「二度だ。お前は、二度も引き返す機会を逃《のが》した。この後はもうないぞ。おまえはもう突《つ》き進むしかない。お前の廃貴族がなにをどう言おうが、その力を失おうが進むしかない。お前はいま、それだけのもんを背負ったんだ」

「………………」

ディックの言葉の意味が、やはりわからない。だが、それに質問することがためらわれる。彼から放たれている雰囲気《ふんいき》が質問を拒絶《きょぜつ》していた。

「……まぁ、がんばれ。おれもう、お前にかまってる暇があるとは思えないからな」

「え？」

「次に会うのは修羅《しゅら》の巷《ちまた》だ。死ぬか生きるかの場所で、お前を気遣《きづか》うなんて真似《まね》はしない。邪魔《じゃま》になればまとめて潰《つぶ》す。それだけだ」

言いたいだけ言うと、ディックはニーナに背を向けて、そして跳躍《ちょうやく》して建物の向こうに消えた。

残されたのは、異様な静寂《せいじゃく》の中にある路地。二人の戦いによって生まれた破壊痕《はかいあと》がそこら中に刻まれている。戦いの過程で移動しており、クラリーベルと別れた高級住宅街からは遠く離《はな》れてしまっていた。

つまり、それだけ激しい戦いをしていたということだ。

それなのに、これだけの騒《さわ》ぎを起こしたというのに、誰も状況《じょうきょう》を確かめに来ない。

そのおかしさに疑問を感じた次の瞬間、全てが消えた。

「なんだ？」

戸惑う。ただそれだけしかできない。そして戸惑っている間に消えていく。ディックとの戦いによって生まれた破壊痕が次々と消えていく。

「これは……なんだ？」

わけがわからない。再び身構えようとしたが、それを止めたのはメルニスクの声だった。

(現実が戻ってきたのだ。構えを解け、人に見られないように移動しろ)

どういうことか？　しかし、見られるのはいいことではない。ニーナは錬金鋼《ダイト》を戻し、ディックと同じように跳躍すると手近にあった建物の屋根に着地した。

「なにが起こったんだ？」

改めて問いかける。

(擬似《ぎじ》的に空間がずらされていた。本来のグレンダンからずれ、同じにして違う場所にいたのだ。そのずれが修正され、事象が本物の空間に合わされたのだ)

メルニスクに説明されても、やはり理解ができない。

(空間のずれは狼面衆《ろうめんしゅう》たちの仕業《しわざ》だ。それが消えたということは、奴《やつ》らを駆逐《くちく》したということか)

クラリーベルとミンスたちだろう。彼らが勝ったのだ。

「では、奴らが画策していたという天剣たちの暗殺は防げたのか」

そのはずだ。リーリンを攫《さら》った人間たちであり、いまの状況ではおそらく敵側の人間なのだが、その一方でツェルニにひしめいていた巨人《きょじん》たちを掃討《そうとう》してくれた恩人たちでもある。複雑な気分だが、ほっとした部分が大きい。なにより、狼面衆たちの思惑《おもわく》通りになって欲しくはない。

(さて、これからどうする?)

「お前は、どうするんだ?」

あの夢の中で、この廃貴族はひどく曖昧《あいまい》な態度を取っていた。シュナイバルたちが目指すなにかに対し、承服しきれないものを抱《かか》えているようだった。その力を失おうがと、デイックは言った。彼は、この廃貴族が抱えているものを見抜《みぬ》いていたのだろうか。

（………）

ニーナの問いに、廃貴族はなにも答えない。

「……動きを見守る」

グレンダンの王宮を見ながら、ニーナは呟《つぶや》いた。

（戻るつもりではなかったのか？）

「ツェルニ側でなにか動きがあるのなら、それはもう動いているはずだ。下手《へた》に動くよりも、ここで状況を観察していた方が後々で役に立つはずだ」

そうだ。

レイフォンならば、動けるようになったと同時にリーリンを助け出すために動き出すだろう。あの、研究所に向かう途中《とちゅう》に言われたシャーニッドの言葉は正しいのだ。自分と同じか、それ以上の実力者が揃《そろ》うグレンダンに、彼は恐《おそ》れもなく、あったとしてもそれを飲み下してやってくるだろう。

リーリンを救うために。

そう考えた時、胸にちくりと痛みを感じる。ディックとの戦いで受けた傷は、ニルフィリアにこの鉄鞭《てっべん》を与《あた》えられたときにきれいに消え去ったはずだ。おかしいなと首を傾《かし》げる。

手を当ててみても傷らしいものはなにもなかった。

「リーリンがどこにいるかを確かめる。それがあいつの助けになるはずだ」

そして、ここでなにが起こるのか、それも見定めなければならない。

「おい、ちょっと君」

そう考えていると、いきなり声をかけられた。

振《ふ》り返ると、屋根に取り付けられた小窓《こまど》から女性が顔を覗《のぞ》かせていた。

「君、向こうの都市の学生さん？　そんなところでなにしてんの？」

「あ、いや、わたしは……」

考え事に集中していて、背後の気配に気付かなかった。なんて失態だと思う。そして思うと焦《あせ》ってしまう。うまく言葉が出てこなかった。

「なんだかわかんないけど、うちの屋根壊《こわ》さないでよ」

「あ、はい。それは、だいじょうぶです」

生真面目《きまじめ》に直立するニーナを、その女性が無遠慮《ぶえんりょ》に眺《なが》めてくる。

「まぁいいや。ところで君、いま暇《ひま》？」

「え？」

いきなり、そんなことを言われた。

「暇でしょ。そんなところでぼっとしてるんだから。それならちょっと手伝って欲しいことがあるんだけど」

「あ、いえ、そんなことはないんですが……」

「いいから入りなさいって」

こちらの話を聞いてくれない。彼女はさっさと小窓を全開にして頭を引っ込める。

どうやら、そこから入ってこいと言っているらしい。

「ど、どうすれば……？」

尋《たず》ねた。だが、廃貴族は沈黙《ちんもく》する。

なんて冷たい奴だと思った。

「ちょっと、早く来なよ」

「は、はい」

反射的に、ニーナは言われるままに小窓に頭をつっこんだ。

†

女王は蒼《あお》い闇《やみ》をかき分けるようにして奥《おく》の院に入った。

「リーリン！」

彼女を待っていると、突然《とつぜん》、仮面を被《かぶ》った集団が襲《おそ》いかかってきたのだ。愚《おろ》かな侵入者《しんにゅうしゃ》たちは姿を現したと同時に消滅《しょうめつ》した。指一つ動かすことなく、ただ全身から衝勁《しょうけい》を放つだけで彼らは跡形《あとかた》もなくなった。

狼面衆。そう呼ばれる集団らしいことは、以前から知っていた。クラリーベルやミンスがグレンダンに侵入を試《こころ》みるこの集団と戦っていることも知っていた。だが、アルシェイラは知らない振りをしていた。

その時が来るまで自身が動く必要はないと思っていたのだ。

そして、その時が来たのだろうか？　彼らを消し去り、感慨《かんがい》深く考えたのは一瞬《いっしゅん》。すぐに思考を切り替《か》え、開いたままの扉《とびら》を抜けて時を運んできた少女の姿を求めた。

蒼い闇は続く。だが、そこにぽつりと置かれたベッドをアルシェイラは見た。そして、ベッドのそばに立つ友人と、眠《ねむ》り続けているはずの少女が並んで立っているのを見た。

「……サヤ？」

眠り続けるその少女の姿を、アルシェイラは見たことがない。なぜならばこの奥の院の扉は、ずっと閉じられたままだったのだ。

しかしアルシェイラは、リーリンの隣《となり》に立つ少女がサヤであると確信した。

「せんぱ……陛下《へいか》」

リーリンがこちらを見て、そう呟いた。やや呆然《ぼうぜん》とした顔で、右目を手で押《お》さえている。怪我《けが》をしたのか？

いや、そうではないはずだ。

「先輩《せんぱい》でいいわよ。それが言いやすいなら」

無事な姿に安堵《あんど》し、アルシェイラは表情をやわらげて彼女たちの前に立った。

「ここに、あいつらは来なかった？」

「来ました。ですが問題はありません」

答えたのはサヤだ。鈴《すず》の鳴るような透明《とうめい》な声色《こわいろ》がアルシェイラの耳で心地《ここち》よく響《ひび》いた。

「それは……」

言いかけ、アルシェイラはリーリンを見る。彼女は右目を押さえたまま、アルシェイラの背後を見つめていた。

入る時には気付いていた。そこにはなぜか、無数の球体が転がっている。この空間を彩《いろど》る調度品かなにかかと思ったが、どうやらそうではないようだ。

足下《あしもと》に転がった一つを手に取る。握《にぎ》り込めるくらいの球体だ。ガラスのような手触《てざわ》りで、どこか目を思わせる作りになっている。瞳孔《どうこう》に当たる部分に茨《いばら》で作られた輪があり、その中に十字の紋様《もんよう》が飾《かざ》られている。

ひどく気になる紋様だ。

「……サヤも目覚めた。こいつらが当たり前にここにやってくる。これは、本当に始まるって解釈してもよさそうね」

「そうであればいいと思います。わたし個人の感想でしかありませんが」

「奇遇《きぐう》ね。わたしも同じ気持ちよ、ちょっと前までは」

かつては、そう思っていた。

だが、いまは違《ちが》う。できるならリーリンの次の世代に厄介《やっかい》ごとを回してやりたかった。彼女が子を産み、そしてアルシェイラの子と結ばれ、そしてその子供が来たるべきものと戦う。そうなることが、アルシェイラにとってのいまの理想形だ。

しかし、おそらくはそうはならない。リンテンスを初めとした実力者たちが天剣《てんけん》として揃《そろ》った。十二人に達していないとはいえ、ここまでの実力者を揃えることができたのはグレンダン史上初めてのことだ。次があると期待するのは愚かな行為《こうい》に違いない。

そして、リーリン自身も望まないだろう。自分の子や孫に厄介ごとを押しつけるような真似《まね》が許せる性格ではない。

そういう性格だからこそ、彼女はいま、ここにいるのだ。

彼女の気持ちがふいになったとしても起きなければいい。そんな気持ちはいまでもある。

「でも、そういうわけにはいかないでしょうね。それなら、起きてもらうしかない。向こうにその気がないのなら、無理矢理にでも起こす。それを叩《たた》きつぶすのはわたしの役目」

「よろしくお願いします」

サヤが頭を下げてくる。その姿に、アルシェイラはなんとなくだが、彼女の頭に手を置いた。そうすることが、ひどく自然な行為に思えたのだ。

「いいんじゃないかしら、あなたの気持ちがどうであれ、わたしたちは生きている。きっと、いま大事なのはそれだけでしかないはずよ」

頭に手を置かれても、サヤの表情は動かない。ただ、嫌《いや》がっているようにも見えない。その感触《かんしょく》を確かめるように、月夜色の少女はアルシェイラを見つめた。

「さて、聞ける話は全部聞いた？　あと、ここから出る気はある？」

二人に同時に尋ねる。リーリンはいまだに右目を押さえたまま、俯《うつむ》き気味の様子でうなずく。サヤも黙《だま》って肯定《こうてい》した。

「それじゃあ、話に続きがあったとしてもそれは上でしましょう。今日は色々あって疲《つか》れたでしょ」

「ありがとうございます」

「気にしない。リーちゃんはもう、わたしの家族なんだから」

「え？」

「今日からリーリンは、ユートノールを名乗りなさい。ちょっと神経質な叔父《おじ》がいるけど、まぁそいつのことは無視して良いし、他の親族連中なんてそもそも関《かか》わらないようにできるしね」

「でも……」

「ま、マーフェスでいたいって言うならそれでも良いけど。悪くない名前だしね」

そう言った時、俯き気味だったリーリンが顔を上げ、そして微笑《ほほえ》んだ。

「ありがとうございます。でも、先輩の言うとおり、ユートノールにさせてもらいます」

微笑む寸前の表情の動きを、アルシェイラに見逃《みのが》せるはずがなかった。

嬉《うれ》しくて泣きそうな、そんな表情だったのだ。

「それと、やっぱり陛下と呼ばせていただきます」

「……そう」

それは、名前への決別を意味しているのだろう。先輩と呼んでくれていたリーリン・マーフェスはいなくなり、ここにいるのは三王家が求めた運命の子、リーリン・ユートノールなのだと、彼女が決めたのだ。

悲しくもあり、苦しくもある言葉だ。良いことなんてなにひとつとしてない。自らの運命に後悔《こうかい》も嘆《なげ》きも感じたことはないが、リーリンに降って湧《わ》いてしまったこの流れだけはなんとかできないかと考える。そして、おそらくはなにもできないだろうと結論づけている。

（ろくなものではないのは、わたしだな）

「……とにかく、上に行きましょう」

マーフェスの名を悪くないと言われた時の彼女の表情。その心の全《すべ》てを推《お》し量《はか》ることはできない。しかし、あの言葉は決して彼女を傷つけなかった。

それだけは、わかった。

しかしいまの彼女は、それを乗り越《こ》えて一歩前へと進んでいるに違いない。

気がつけば、アルシェイラ・アルモニスは彼女に追い越されていたのだ。

†

自分の中にある許容量が超《こ》えたのを、クラリーベルは感じた。

「たまりませんね」

カルヴァーンが道場で使う模擬《もぎ》剣を破壊《はかい》して、彼女は呟《つぶや》く。柄《つか》の部分に圧力に反応して針が飛び出す仕《し》掛《か》けが施《ほどこ》されていた。その針にはもちろん毒がある。仮にも天剣を授けられた者が、自分の使う錬金鋼《ダイト》の微細《びさい》な変化に気付かないわけがないだろうにと、クラリーベルは壊《こわ》れた錬金鋼《ダイト》を見下ろして思う。あるいはその罠《わな》にかかったとしても、たとえ即効《そっこう》性《せい》のある致死《ちし》毒だとしても、それが回りきる前に腕《うで》を落としてしまえばいい話だ。それぐらいの速度と判断、天剣でなくとも実戦に出るレベルのグレンダンの武芸者ならできて当然の話だ。医者に行けば腕の再生手術くらいはできるのだから、迷う者などいない。

しかしそうなれば、これから起こる戦場では万全の状態とはとてもいえないことぐらいにはなるだろう。つまりはそれが目的だったのか。

一つ一つの歯車を少しずつ狂《くる》わせる。そうすることで、最終的に有利に事を運ばせる。そういうことが目的だったのだとしたら、たいしたものだとは思う。

だが、この都市にはクラリーベルとミンスという、狼面衆《ろうめんしゅう》を感知できる者がいる。その企《たくら》みは決して成功しない。クラリーベルの誇《ほこ》りとして、させはしない。

場所は、外縁部《がいえんぶ》だ。破壊した錬金鋼《ダイト》を外縁部の外に放《ほう》り投げる。証拠隠滅《しょうこいんめつ》だ。今頃《いまごろ》道場では、師の模擬剣がなくなっていることに気付いて、門下生たちが青い顔をしていることだろう。

それを想像しても、ちっとも楽しくはない。

「たまりません」

もう一度、今度は語気強くクラリーベルは呟いた。

「我慢《がまん》しろ」

そばにいたミンスが苦い顔で彼女を見た。

「こちら側だったからよかったが、あんな剄を普通《ふつう》に振《ふ》り回されては他の武芸者たちの気分に火を付けることになるところだったんだぞ」

従兄弟はクラリーベルの気分を理解していた。だからこそ、苦い顔をしている。

「あいつには関わるなよ。ろくなことにならない」

「あなたがそうなったのは、あなたが考えなしだったからだと思いますけど？」

「うるさい」

額のしわを深くしてミンスが呻《うめ》いた。わずか十歳《さい》でレイフォンが天剣授受者《てんけんじゅじゅしゃ》となった時、ヘルダーという汚点《おてん》を生み出したユートノール家をおとしめる謀略《ぼうりゃく》だと大騒《おおさわ》ぎして、天剣たちを巻き込むちょっとした騒動《そうどう》を起こしたことがあるのだ。

女王がそれを重大事だと思わなかったこともあって、そして女王の実力が誰の想像よりもはるかに規格外だったこともあって、その騒ぎは都市民たちに知られることなく収束することとなった。

だがおかげで、ユートノール家は大きな罰金《ばっきん》を支払《しはら》うこととなったのだが……

「おかげでうちは、王家とは名ばかりの貧乏所帯《びんぼう》だ」

額を押《お》さえるミンスに、クラリーベルはことさら大きな声で笑った。笑えば少しはすっきりするかと思ったが、やはりそうはならない。

再び表情が硬《かた》くなるクラリーベルを見て、ミンスの表情は苦いままに変化する。

「おい、わかっているか？　私は火付け役の一味扱《あつか》いされるのはごめんだぞ」

「あら、実際にしかけるのはわたしなんですから、あなたが心配する必要はないと思いますけど」

「そんな理由で陛下《へいか》が納得《なっとく》するものか。それに、もう空間は元に戻《もど》っている。デルボネの目は誤魔化《ごまか》せない」

「いいじゃありませんか。別に」

「いいか？　どう考えても今回の私たちの役回りは鎮静剤《ちんせいざい》なんだ。薬がその効果を無視してどうする？」

「誰に決められた役割でもありませんよ。奴《やつ》らを倒《たお》したのが、結果的にそういう効果だったというだけです」

クラリーベルはミンスを見た。苦い顔のまま焦《あせ》りの表情も浮《う》かべるという器用なことをする従兄弟に言ってのける。

「それに、別にわたしたち、誰かに命じられて連中と戦っているわけでもありませんよ？　気がつけばこんなところにいて、とりあえず連中を倒さなければ出て行けなかったから倒していた。そうでしょう？」

「それはそうだが……わかっているか？　いまの状況《じようきよう》が」

クラリーベルがこうなった……つまり狼面衆と戦うようになったのは、九歳の時のことだ。化練剄《かれんけい》を覚えることを決め、トロイアットに弟子《でし》入りして、そう時は経《た》っていなかった。天剣は弟子を持ちたがらない。自らの実力を高めるのに、育てなければならない弟子の存在は邪魔《じやま》でしかないと考える者が多いからだ。武門を自ら興《おこ》したカルヴァーンなどは例外の部類に入る。

だから、弟子入りは難航するかと思われた。だが、トロイアットはあっさりと彼女を認めた。老若《ろうにやく》を問わず、女性には紳士的《しんしてき》であるのが彼の信条であるらしい。

だがその頃《ころ》はまだ、化練剄の基礎を学ぶために強制的に彼の出身であるナイン武門に入れられていた。彼に直接教えてもらえるのはそこである程度修めてから。そういう話となり、その日のために精進の日々だった。

そんな時に、突然《とつぜん》だ。

突然すぎて、わけがわからなかった。その時は偶然《ぐうぜん》出くわした狼面衆たちに襲《おそ》われ、連中を迎撃《げいげき》し終えたところで通行人に錬金鋼《ダイト》を構えて呆然《ぼうぜん》としている場面を見られてしまった。それから何度かそんな風に、気がつけば狼面衆と出くわし、そして戦うということを繰《く》り返していた。

九歳。当時のクラリーベルになんとかできる程度に彼らの実力はそれほど高くはなかった。突出した実力者に出会うこともなく、彼らはあくまでも平均的な強さを有していた。その分、色々と戦いに創意工夫《くふう》を凝《こ》らそうとしてくるので、対集団戦の練習としては絶好の相手だとぐらいにしかクラリーベルは考えなかった。

しばらくしてからだ、同じように連中と戦うミンスと出会ったのは。ミンスは自分のように気楽には考えておらず、連中の目的を見出《みいだ》そうとしていた。そして従弟兄の苦労は少しではあるが実を宿し、彼らの目的が自分たちの家の事情と関係しているらしいことは判明した。

世界の謎《なぞ》に深く食い込むグレンダン三王家。その中に自分も混ぜられているのだと、クラリーベルはその時、理解することになる。

「でも、だからといって己《おのれ》の強さを見定める好機を逸《いっ》するのはどうかと思うのですけど」

「それなら、お前の師匠《ししょう》と戦えばいいだろう」

「手を抜《ぬ》かれるのはわかってますわ」

だが、いまの状況でならばレイフォンが手を抜くようなことはないだろう。

「だから、戦いたいのではないですか」

「……お前、本当にそれだけだろうな」

「なんの話でしょう？」

「ただ単に、レイフォンの奴に強くなったお前を見せつけたいだけなんじゃないのか？

お前、たしか三年くらい前だったよな。レイフォンと……」

「乙女《おとめ》の秘密を軽々しく話すのは、感心しませんよ？」

笑顔《えがお》で威圧《いあつ》すると、ミンスはぐっと息を呑《の》んだ。

それから、深く息を吐《つ》く。その顔には諦《あきら》めがあった。

いや、彼も見たのだろう。この場所は外縁部。学園都市との接触点《せっしょくてん》に近い。だが、立ち入りと交流を禁じられている。それでも、善意の人間たちはどこにでもいる。未熟者たちの集まりである学園都市の復興になんとか手をさしのべようとして、向こうの状況を観察している者もいれば、禁止を解くように王宮に交渉《こうしょう》している者たちもいる。

もちろん、その中にいる人たちの全てが善意のみというわけではないだろう。儲《もう》けのチャンスと考えている者もいるに違《ちが》いないし、物珍《ものめずら》しさから見物に来ているだけの者もいる。

とにかく、普段ならば人気のない外縁部なのだが、接触点付近にはいくつか、遠巻《とおま》きに様子を眺《なが》めようとする集団の姿が見受けられる。

そんな中、学園都市からこちらにやってくる人影《ひとかげ》があった。揃《そろ》いの格好をした、三人の男女。もちろん、ただの服ではない。それはいかにも武芸者が着そうな戦闘衣《せんとうい》だ。

こんな状況だ。学園都市の武芸者が警戒《けいかい》態勢を解いていないと考え、彼らが戦闘衣を着ていることに違和《いわ》感《かん》を覚える者はそういないだろう。少なくとも、グレンダンの都市民ならば、戦闘衣を着た武芸者の姿はそう珍しいものではない。

だが、彼らはなんの目的でこちらに向かってきているのか。そういう好奇心《こうきしん》が三人の姿に集中する。

「あの馬鹿《ばか》も、堂々と……」

ミンスが呟《つぶや》く。

クラリーベルもそれを見ている。見間違《みまちが》えるはずがない。彼の姿がグレンダンから消えて、まだ一年も経っていないのだ。容姿にそれほどの変化はないように思える。だが、都市民たちが気付くには、まだ少し時間がかかるだろう。だが、あの中に武芸者が混じっていれば、もう気付かれているに違いない。

レイフォンだ。

「……いいか。私はいますぐに王宮に帰る。すぐにだ。だから十分待て。始めるならそれからだ。いいな、私は無関係だ」

そう言い残すと諦めの境地に突入したミンスは王宮に向けて跳《と》んだ。

十分？

そんなに待つ気などクラリーベルにはなかった。だが、彼が最後まで止めに入らなかったことに感謝して、一分だけは待った。一分待ち、そしてクラリーベルも跳んだ。

もちろん、ミンスとは逆の方向。

レイフォンの前に、だ。

空から降るようにして眼前に立ちふさがった少女に、レイフォンは見覚えがあるような気がした。

「お久しぶりです、レイフォン様」

「クラリーベル、様……？」

ロンスマイア家の娘《むすめ》だ。天剣授受者ティグリスの孫。

「覚えていてくれて、嬉《うれ》しいですわ」

にこやかな笑みを浮かべているが、しかしレイフォンは油断しなかった。その笑みの底で燃えている闘志《とうし》は、決して見逃《みのが》せるものではない。

それは、背後のシャーニッドにさえも感じられるほど、はっきりとしていた。

「おい……」

こちらに呼びかけ、錬金鋼《ダイト》を抜こうとするシャーニッドを手で制す。

「フェリ……先輩《せんぱい》と後ろに下がっていてください。いざというときはすぐに動けるように。決まれば、一気に行きます」

「……わかった」

レイフォンの言葉の意味を、シャーニッドはすぐに理解してくれた。フェリをかばう位置に立って、シャーニッドたちが距離《きょり》を開ける。

その言葉の意味は、クラリーベルもまた理解した。

「あら、わたしに勝てる気でいらっしゃいますの？」

「悪いけど、無駄《むだ》な会話をしたい気分じゃないんだ」

クラリーベルの手は剣帯の錬金鋼《ダイト》にかかっている。だがまだ、抜いてはいない。しかし体からにじみ出す闘志はさらに濃度《のうど》を増している。もはや、いつ爆発《ばくはつ》してもおかしくない状態だ。

「思い出しますわ。あなたと初めて同じ戦場に立った日のことを。あなたはもう天剣授受《てんけんじゅじゅ》者《しゃ》で、わたしの初陣《ういじん》の後見人としていてくれた」

「なにかあったかな？　僕はよく覚えてない」

剣帯に並んだ錬金鋼《ダイト》。青石錬金鋼《サファイアダイト》、簡易複合錬金鋼《シム・アダマンダイト》、複合錬金鋼《アダマンダイト》、そして、鋼鉄錬金鋼《アイアンダイト》。

ずらりと並んだその中からなにを抜くか。ただそれだけを考え、そしてそれも一瞬《いっしゅん》で決まった。

レイフォンの挑発《ちょうはつ》的な言葉を受けても、クラリーベルは涼《すず》しい顔をしていた。

「そうでしょうね。あなたにとっては、たくさんあった戦場の一つでしかないでしょう。しかしわたしにとっては、とても思い出深い戦《いくさ》でした。……あの日から、わたしはあなたを越《こ》えたくてしかたがない」

「そう？　ならすぐ終わらせよう。あなた程度に時間をかけている暇《ひま》はないんだ」

「ええ。それでけっこうで……」

言葉の途中《とちゅう》だ。

そこでクラリーベルが動いた。立ち姿の残像を残し、体勢を低くして迫《せま》ってくる。錬金鋼《ダイト》はまだ剣帯の中。だが、指はいつでも抜ける形になっている。抜き打ち。読むまでもなくそのつもりなのはたしかだ。レイフォンの手は決めておいた錬金鋼《ダイト》を掴《つか》む。青石錬金鋼《サファイアダイト》。

クラリーベルがまっすぐに距離《きょり》を詰《つ》めてくる。

抜き出したのは、同時。

復元の光、青と赤が交錯《こうさく》する。斬線《ざんせん》が絡《から》み合う。全身から吹《ふ》き出された剄《けい》が天を突《つ》く。

それは一瞬の出来事《できごと》。

だが、吐《は》き出された剄の波動は強く、グレンダンとツェルニ、二つの都市の端《はし》から端まで疾走《しっそう》した。

ツェルニの武芸者は感じられなかっただろう。

だが、グレンダンの、数多《あまた》の戦場を経験した練達の武芸者たちにとっては十分に感じ取れる波動だった。


「本気でやるか？　馬鹿め」

王宮に戻《もど》る途中だったミンスは憎々《にくにく》しげにそう吐き捨てた。


そして、一つの光景が外縁《がいえん》部で展開されている。

外縁部で、突然《とつぜん》の武芸者同士の戦いを啞然《あぜん》と眺《なが》める都市民たち、そして少数ながら混ざっていた武芸者たちの前で展開される。

胡蝶炎翅剣《こちょうえんしけん》。そう名付けられたクラリーベルが考案した紅玉錬金鋼《ルビーダイト》製の奇双剣《きそうけん》が宙を舞《ま》う。拳鍔《けんがく》となった柄《つか》は、一度握《にぎ》ればそう簡単に手から離《はな》れるものではないというのに。

それが宙を舞う。

クラリーベルの利き腕《うで》を連れて、宙を舞う。

ハーレイとキリクによって刀として再構成された青石錬金鋼《サファイアダイト》がその光景を実現させた。復元しながら抜き打ちに放たれた斬線は胡蝶炎翅剣の赤い剣身《けんしん》よりも速く斬線を描《えが》き、そしてその線はクラリーベルの肩《かた》の付け根を通過したのだ。

切り離された腕はゆっくりと円を描いて地に落ちた。

体勢を崩《くず》した彼女がレイフォンの側《そば》を流れていく。刀身に込めた衝勁《しょうけい》が彼女の肉体奥《おく》深くに浸透《しんとう》している。全身の神経が衝撃に麻痺《まひ》し、もはや動けない。

驚《おどろ》きの目。だがそこにどこか、楽しげとでも表現すべき色があった。血が流れているというのに頬《ほお》が紅潮し、体が痺《しび》れているというのに唇《くちびる》がかすかに言葉を紡《つむ》いだ。

「やっぱり、あなたは最高です」

小さく、レイフォンにしか聞こえない声でそう呟いていた。

だが、そんな言葉では足を止めない。

「……レストレーション02」

それ以上の注意をクラリーベルに向けることなく、レイフォンは青石錬金鋼《サファイアダイト》を刀から鋼《こう》糸《し》へと変換《へんかん》させた。

「先輩、行きますよ」

「お、おう」

あまりのことに息を呑《の》んでいたシャーニッドの返事は遅《おそ》い。レイフォンはフェリを片手で抱《かか》え、片手に鋼糸化した青石錬金鋼《サファイアダイト》を握り、跳ぶ。

その時になってようやく外縁部にいた武芸者たちが反応した。あまりの速度に、さすがのグレンダン武芸者たちも反応は遅かった。

だが、我に返った。レイフォンたちが彼らのすぐ近くにまで迫った時には、すでに錬金《ダイ》鋼《ト》を復元させていた。

怒号《どごう》をあげて、迫ってくる。

まるで火が点いたように激しく剄を放ち、迫ってくる。

その時には、もう気付いているだろう。

自分がレイフォンであることに。

レイフォン・アルセイフがグレンダンに戻ってきたことに。

「邪魔《じゃま》をすれば、ただではすまさない」

鋼糸を彼らに向けながら、レイフォンは淡々《たんたん》と呟き……

外縁部を駆《か》け抜《ぬ》ける。

エピローグ

体を駆け抜けた剄の波動に、デルク・サイハーデンは顔をしかめた。

どうも今日は気分がざわめく日だ。

不快、とまではいかないにしても、落ち着かない気分になるのは楽しいものではない。

それも、自分だけのもののようではなく、グレンダンにいる武芸者たちのほとんどがそうなっているらしいことは、ここに来るまでの間に感じられた。

急な呼び出しだった。

学園都市との不可解な接触《せっしょく》。そしてその都市を襲《おそ》っていた汚染獣《おせんじゅう》の駆逐《くちく》に天剣授受者を数名派遣《はけん》したらしいという、さらに不可解な情報。

そして、その学園都市がツェルニであるということ。

デルクにとって落ち着けなくなる理由は揃《そろ》っていた。だがしかし、この気分が決して自分だけのものではないらしいことが、さらなる不可解を感じさせる。

デルクが向かったのは、王宮。

そしてすでに、王宮内の待合室にその姿はあった。

大人しく待合室のソファに座《すわ》っていたデルクだが、その波動に反応して立ち上がると窓から外を見た。

ここからでは建物が邪魔をして波動の中心地点らしき場所は確かめられない。だが、その場所が大まかにだがツェルニとの接触点付近らしいことは読み取ることができる。

それがまた、気分をざわめかせる。

どうにも、落ち着かなくさせる。

なにより、この剄の波動、衝突した二つの剄が混ざり合っているのだが、その一つに覚えがあるような気がしてならない。

いや、おそらくは間違いではないだろう。

しかし、では……なぜ？

疑問が、いまの気分を助長する。呼び主の名も、まだ明かされていない。王宮からの呼び出しを無視できるような性格ではないことは自覚しているが、いまはその性格そのものを無視するべきかもしれない。

悩んでいる間に扉《とびら》がノックされた。侍女《じじょ》が恭《うやうや》しい態度でデルクの名前を呼び、案内のために先に部屋を出る。

抜け出すタイミングは失われた。

侍女の案内で王宮を進む。

王宮内の空気もやはりいつもとは違う。砂を噛《か》むような不快さは、戦場に立っていた時のことを思い出させる。

（なにが起こっている？）

そしてなぜ、現役を退いた老武芸者などを呼び出したのか？

考えれば考えるほど、そこには負的なものしかないように思われた。

辿《たど》り着いたのは、以前と同じ、ガハルド・バレーンの事件の後に呼び出された時と同じ謁見《えっけん》室だった。

扉が開かれ、デルクが中に入る。

以前の時にあった御簾《みす》の掛《か》けられた椅子《いす》はなかった。広い空間に革《かわ》張りのソファとテーブルがあるばかり。ひどく簡素に調度が誂《あつら》え直されていた。

そして、さらに驚いたのは。

「リーリン？」

その部屋にいたのが、デルクの養女《むすめ》だということだ。

「お養父《とう》さん」

「なぜ、お前がここに？」

驚くデルクに、リーリンは暗い表情を見せた。

そしてなぜか、彼女の右目は眼帯に覆《おお》われていた。リーリンのようなどこか素朴《そぼく》さのある娘《むすめ》には不釣《ふつ》り合いな、革製の、しかも凝《こ》った装飾《そうしょく》が施《ほどこ》された眼帯だ。右目とその周辺部分を大きく覆うそれによって、リーリンの雰囲気《ふんいき》がひどくちぐはぐなものとなっている。あどけない少女が血に汚《よご》れているような、そんな陰惨《いんさん》なイメージがなぜか頭に浮《う》かんだ。

「……なにがあった？」

リーリンの表情が全《すべ》てを物語っている。なにかがあった。そしてなにかを決意した。そういう表情だ。レイフォンが天剣を剝奪《はくだつ》された時、子供たちがレイフォンを責める中でただ一人リーリンだけが彼の味方をした。

その晩、一人でいた時にリーリンが浮かべていた表情も、こういうものだった。

「お養父さん、驚かないで聞いてくれる？　そして、信じてくれる？」

「リーリン？」

養女がなにかを語ろうとしている。だがそこに不安があることをデルクは感じた。

「信じるとも。なにしろお前はわたしの養女だ。つまらない嘘《うそ》を言うとは思っておらん」

「……ありがとう」

泣きそうな顔で、リーリンは言った。しかし決して、その瞳《ひとみ》は涙《なみだ》で濡《ぬ》れない。彼女の中にある強い気持ちが、それを封《ふう》じ込めていた。

　そして、語り出す。

「わたしね、名前が変わったの。リーリン・ユートノールに」

　そして、語り出す。

　全てを、リーリンの知る全てを。サヤから聞かされた全てを。これから起こるだろうこと、そしてその中でのリーリンの役割を、そしてそのために、なにをしたいかを。

　そのために、リーリンはここにいることを決めたのだということを。

　全てを、リーリンはデルクに語る。

　リーリンが語り終えると、デルクは腕を組んで低くうなった。

　その目は、娘から決して離れない。

　娘が嘘をつくとは思っていない。

　騙《だま》されたわけでもないだろう。ここは王宮だ。そしてなにより、この空気だ。なにも起こっていないのに戦場に立っているかのような気分にさせられるこの空気は、グレンダンにいる武芸者にとっては一つのスイッチだ。そしてそれが入ってしまえば、誰も彼もが戦う相手を求めてしまうだろう。待機室にいた時までのデルクは、まさにそれに近い状態だったのだから。

そういう空気が正体もわからず生まれてしまっている。グレンダンにいる武芸者たち全員が、本能に近い感覚で悟《さと》っているのだ。なにか大きなことが起こると。だが、それがなにかわからない。だから敵のいない戦場という、奇妙《きみよう》な境地が武芸者たちの心に巣くっている。

これはすでに異常事態なのだ。

「リーリン、もう一度たずねるぞ」

目を閉じ、深く息を吸い、そして吐く。胸の内で肺が膨《ふく》らみ、そして萎《しぼ》む。その動作の過程で循環《じゅんかん》された空気が、デルクの内部に溜《た》まった迷いや葛藤《かっとう》を追い出していく。

ここが戦場になるというのならば、迷いは無用だ。その戦場にとって必要なことを淡々とこなしていくことこそが必要なのだ。そしてこれから起こる戦場にとって最も重要な要因が、目の前にいる娘なのだ。

ならば、娘のために戦場を最上に設《しつら》えてやるのが、親の務めというものだ。

「レイフォンは、いらないんだな？」

その言葉に、リーリンからの返答は一拍《いっぱく》の間を必要とした。表情がその間に様々に変幻《へんげん》し、そしてそれらは全て、強い意志によって飲み込まれてしまった。

「……………うん」

リーリンは決然と頷《うなず》いた。

「レイフォンは、もうグレンダンの人間じゃないんだから、ここのことに関《かか》わっちゃいけない。そう決めたんです」

「レイフォンが望んだとしても？」

「はい」

その表情に迷いがあるようには思えなかった。いや、あったとしてもそれを飲み下した顔だ。

己《おのれ》を殺して道理を選んだのか？

それとも……

「では、わたしがやることは、一つだ」

デルクは呟《つぶや》く。腰《こし》の剣帯に手を伸《の》ばす。そこに収められた錬金鋼《ダイト》を抜《ぬ》き出す。復元する。

養父の手に収まった刀に、リーリンの目が注がれた。

「お養父《とう》さん？」

「来ているのならば、言葉ではもう止まるまい」

先ほど感じた波動……あれはやはり、レイフォンだ。養子《むすこ》が兄妹を取り戻《もど》すためにやってきたのだ。

そうと決めて動いているのならば、あれはもう、言葉では止まらない。

「この刃《やいば》で切ることになる。あるいは切られるか。どちらであろうと、わたしにできるのはそのどちらかだ」

「そんな……」

思わぬ事態の流れにリーリンが戸惑《とまど》いを見せる。そんな娘にデルクは微笑《ほほえ》んだ。

「武芸者とは不器用な生き物だ。特にわたしの養子《むすこ》はな。わたしに似てしまったからだ。すまん、な」

「でも……」

「そしてお前も、止める気はないのだろう？　覚悟《かくご》を決めろ。殺さないようにはするつもりだが、さて、そんな甘《あま》い考えであれに通じるか」

そして今度は破顔した。

ひどく爽《さわ》やかな気分だ。

こんな老体の身で子供たちのためになにかができる。

それがひどく嬉《うれ》しく思えた。

「あれは、わたしにとって出来すぎた息子だ。そしてお前もな、リーリン」

立ち上がり、娘の頭を撫《な》でる。

「おとうさん……」

「そんな子供たちが決めたことだ。できることがあるというのであれば、それはわたしにとって幸福なことだ」

「ごめん……ごめんなさい」

俯《うつむ》いてリーリンが呟く。だがそれでも、涙が落ちることはない。泣くことはもう止めている。それだけの覚悟をすでに娘がしているのだ。

ここで迷いなど、あるはずもない。

「レイフォンはわたしが止める。お前は、お前の進みたい場所に行け」

デルクが立ち上がる。錬金鋼《ダイト》を戻し、剣帯に収める。俯いたままのリーリンに掛ける言葉は、もうない。ただまっすぐ、扉を抜けていく。

王宮の外へ。

いずれやってくるだろうレイフォンの前へと立つために。

デルクは進む。

顔を覆ったまま、リーリンはしばらく動けなかった。

レイフォンは、邪魔《じゃま》なのだ。

この気持ちで進むには、レイフォンは邪魔なのだ。

いや、あるいはあの時にこのことに気付けなければ、そんなことは考えなかったかもしれない。レイフォンのために泣くメイシェンを見なければ、永遠にそのことには気付かなかったかもしれない。そしてそうであれば、いまこの瞬間《しゅんかん》、隣《となり》にはレイフォンがいて、これから起こることに一緒《いっしょ》になって立ち向かってくれたかもしれない。そしてその時には、彼の手には天剣《てんけん》があっただろう。武芸者としての彼に、最高の状態が与《あた》えられただろう。

だが、そんなことにはならない。気付いてしまったからだ。自分の気持ちに、気持ちの根底にあるものに。自分がどうしてレイフォンをそう思っていたか、その理由に気付いてしまったからだ。

だからこそ、レイフォンにはここにいて欲《ほ》しくはない。彼はグレンダンを出たのだ。自分の道を見つけるために。その道のために生きて欲しい。もう、リーリンの道とは交わらなくても良い。

もう、レイフォンを必要としてはいけないのだ。

気付けなければ、永遠の幸せがあったかもしれない。この苦難を乗り越《こ》えた先で、レイフォンとともに生きていく未来があったかもしれない。

だが、その未来の根底にあるものを知ってしまったから、それはもういいのだ。

あってはならないのだ。

「う、うう……」

目の奥《おく》が熱い。だが、その熱が生み出すものを一欠片《ひとかけら》として表に出してはいけない。もう、決したのだ。そして涙はサヤの前で存分に吐《は》き出した。これ以上は必要ない。

悲しみを貯《た》め、そして精神の火で焼き尽《つ》くそうとするリーリンは、脳裏に浮かんだ一つの映像を見た。

それは、茨《いばら》の群だ。

悲しみにとらわれながら、その映像だけは彼女の気持ちとはまるで無関係に、頭の中に浮かび続ける。

その茨に無数に生えた棘《とげ》が、一つ、落ちるのを見た。

その棘がなにもない虚空《こくう》を落下し続けて、そしてなぜか、デルクの頭上に辿り着くのを、リーリンは見た。

棘がデルクの体に収められる。

その意味を。

その映像の意味を。

その映像が示したことがどういうことなのかを、リーリンは知りたくもないのに知ってしまった。

そうなのか。

そういうことなのか。

だから、レイフォンは……

「なら……」

リーリンは顔を上げた。眼帯に覆われた顔には涙の残滓《ざんし》はない。泣きはしない。そう決めたのだ。

扉を見つめる。デルクが去って閉じられた扉を見つめる。

「やっぱりだめだよ、レイフォン」

そう囁《ささや》きかけると、リーリンは立ち上がった。

その顔には、ただ強い意志のみが張り付いていた。

ボトルレター・フォー・ユー

その日、彼《かれ》は一つの書類を手にしていた。

やや時期を逸《いっ》したその書類に、彼はとてつもない衝撃《しょうげき》を受けていた。時期を逸していることにではない。都市間の不完全な郵送では、こちらの定めた時期に郵便物が必ず届くということはない。それを心得ている以上、対応も柔軟《じゅうなん》に行わなければならない。

端末《たんまつ》に入力されたデータをわざわざ紙へとプリントアウトさせたそれは、モニター上で見るよりもずっと現実味を帯びて、彼の肌《はだ》へと事実を染《し》み込《こ》ませる。

「……しかし、なぜ」

しばし我を失った後、彼はそう呟《つぶや》いた。

喜ぶよりもまず、その疑問が彼の脳裏に浮《う》かんだ。書類の端《はし》にやや荒《あら》くコピーされた写真は、かつて見た時よりもずっと成長し、そして鋭《するど》さを失っていた。ただの凡庸《ぼんよう》な少年のようで、本当にあの時に衝撃を受けた本人なのかどうか自信を持てなかった。

だが、出身都市はまさしくあの場所だ。

名前もそうだ。

面影《おもかげ》は残っている。あの時からもう五年が経《た》とうとしていた。最も成長する時期を過ごした少年からは、子供特有の丸みが消え去ろうとしていた。しかし完全に消え去ることはなく、どこか不完全なものを匂《にお》わせる。

少年期の子供たちのこの不完全さを、人は可能性と見る。いまだ二十歳《はたち》を越《こ》えたばかりの自分が考えることではないが、可能性というものは成長とともに失われていく。人生の選択肢《せんたくし》は時を刻むごとに数を減らしていき、最後にはいまいる道以外になにもみつからなくなるだろう。

だがそれは、一般人《いっぱんじん》での話だ。

彼は違《ちが》う。

彼は武芸者だ。戦うという道を生まれた時から定められ、それ以外の選択肢を与《あた》えられていない存在だ。彼の才能がまた、その道を強固にしている。

そんな彼が、この不完全な者たちの集《つど》う学園都市にやってこようとしているという事実がやはり信じられない。

……だが、事実であるとするならば。

「やれることをしなければならない」

彼は呟いた。

カリアン・ロス。

それが彼の名だ。

学園都市ツェルニの生徒会長。

それが今の彼の立場だった。

†

どの都市でも放浪《ほうろう》バス停留所近くの郵便局にはそれがある。

受付《うけつけ》のすぐそば、あまり手入れの行き届いていない箱の中に乱雑に放《ほう》り込《こ》まれたそれを、カリアンはなんとなく引き抜《ぬ》いた。放浪バスの運転手らしいやや薄汚《うすよご》れた制服を着た男が、乱雑にその中に数通の手紙を放り込み、そして郵便局で新たな郵便物を受け取っていた。届いたばかりという実のない新鮮さに、カリアンは興味をひかれてその手紙を手に取った。

それは行くあてのない手紙たちだ。

誰《だれ》かへと、特定の個人や集団等に向けられたものではない。誰か、誰でもいい誰か、どの都市でもいい、どんな都市でもいい、自分とは違う世界で生きている誰かへとあてられた宛先《あてさき》のない手紙たちだ。

カリアンの記憶《きおく》では、このボトルレターは郵便局側が促進《そくしん》させた習慣ではない。いつのまにか、宛先のない手紙がそこかしこで増え始め、そして郵便局側がこういう対応を取るようになったということだったはずだ。

この時、カリアン・ロスはわずか十歳《さい》。

都市は流易《りゅうえき》都市サントブルグ。

今年に入って急激に視力が低下し、眼鏡《めがね》をかけるようになった。耳や鼻に常にある慣れない感覚に気がつけば手が伸《の》びてしまう。

手に取った手紙は真新しく、四隅《よすみ》がわずかにすれている以外にはたいした劣化《れっか》はしていなかった。放浪バスの中で運良くきれいに収まっていたのだろう。

カリアンは封筒《ふうとう》の表面をなんとなく眺《なが》めると、そのまま提《さ》げていた鞄《かばん》に収めた。手にした以上は持ち帰らなければ。そういう決まりがあるわけではないが、そうしなければならないような気がした。

なにかを期待していたのだろうか？　どうということもない日々になにかの変化を。外からの風を招き入れたいと思ったのか。

その時、自分がなにを思っていたのかカリアンは思い出せない。

とにかく、その手紙を家へと持ち帰ったのだ。

家には幸せがある。大きな家、真面目《まじめ》な父、優《やさ》しい母、小さな妹……何ひとつとして不足のない家族と思われていることだろう。

カリアン自身、なにか不満があるわけではない。

不満を口にするなど、許されることではない。裕福《ゆうふく》な家庭の子として生まれ、子供に対する社会の評価基準である勉学での努力を苦に思わなくて済む性格に生まれ、外見にもはっきりとわかるマイナス部分が存在しない。両親の仲もよく、子に対する愛情も余りある。自分ほど恵《めぐ》まれた人間はそうはいないだろう。

それに満足していた。

ただ、きっと……

「兄さま」

部屋《へや》で本を読んでいるとノックの音がし、続いてドアが開いた。召使《めしつか》いを従えた小さな妹が大きな本を抱《かか》えて入って来た。

カリアンと同じ色をした髪《かみ》を揺《ゆ》らして、妹は兄の前に立つと抱えた本を重そうに差し出した。

それは先日、カリアンが妹に貸した本だった。

「もう読んだのかい？」

「うん」

妹は幼い丸みのある顔で頷《うなず》いた。

「徹夜《てつや》したのかい？」

子供がすぐに読み切れる厚さの本ではない。よく見れば、妹の目になんとなく力が足りないように思えた。

「次、貸して」

妹はカリアンの質問には答えず、兄にその分厚い本を返そうと押《お》し付けてくる。カリアンは苦笑《くしょう》してそれを受け取り、妹の頭に手をやった。子供特有の温《ぬく》もりが手に伝わってくる。眠《ねむ》い証拠《しょうこ》だ。

「明日《あす》、貸してあげるよ。ちゃんと用意しておくから」

「きっと、よ」

優しく諭《さと》すと妹は不満そうに唇《くちびる》を尖《とが》らせたが、すぐに納得《なっとく》してくれた。眠さが勝ったのだろう。あの歳《とし》でこんな分厚い本を読むことに集中できるということはすごいことだ。召使いに手をひかれて部屋を出る妹の足取りはおぼつかなく、あれでは部屋に辿《たど》り着く前に寝《ね》てしまうのではないかと思われた。

妹、フェリ・ロス。

一般人ばかりのロス家の中で、突如《とつじょ》、念威《ねんい》繰者《そうしゃ》として目覚めた特別な子。

それがフェリだ。

武芸者の持つ強力な身体能力を支える特殊《とくしゅ》なエネルギー、それが剄《けい》だ。念威繰者はそこからさらに変化を遂《と》げている。身体能力は一般人とそう変わりないが、強靭《きょうじん》な脳組織を持ち、同時に勁の変化した念威という粒子《りゅうし》を放ち、周囲の情報を収集し、またそれを伝達するということができる。

カリアンはフェリから返してもらった本を書架《しょか》に戻《もど》しつつ、その重さを腕《うで》に感じた。

わずか六歳にして文字の読み書きができるだけでなく、こんな分厚い専門書が読めてしまうのは、その念威繰者としての能力のためだ。言葉遣《ことばづか》いは幼い子供のままなのだが、その頭の中に収まっている知識は、すでにカリアンなどを楽々と飛び越《こ》えているだろう。すごいことだと思う。武芸者や念威繰者に直接会ったことも何度かあるが、彼らは成人していた。彼らは皆《みな》、子供のころからこんなにすごかったのだろうか。

そして、一般人と彼らの差とはこんなにも広がっているものなのだろうか。

カリアンとフェリの間には四年の年月の差がある。それがこんなにも簡単に飛び越えられてしまう。

それを痛感してしまったことが、おそらくここ最近の自分の精神状《じょうきょう》況に関係しているのだろう。

妹に嫉妬《しっと》している。

その言葉のあまりのみっともなさに傷つくには、カリアンの年齢《ねんれい》は十分であり、その上で優《すぐ》れた知性の片鱗《へんりん》が見え始めていたことも手助けし、暗澹《あんたん》たる気分は加速していた。

自分の机に戻ったカリアンは本の続きを読む気にもなれず、背もたれに体を預けた。敗北感と劣等《れっとう》感が胸の奥《おく》で混ざりあい、なんともいえない気分になる。それを吐《は》きだす方法が思いつかない。人知れず物に当たるということもできなかった。思い付かなかったのではない。それをする自分の姿を想像した時、そのみっともなさに吐き気を覚えたからだ。

だが、晴れない感情はいつまでも胸の内にわだかまり、煮詰《につ》まり、その濃度《のうど》を増していく。粘液《ねんえき》のように体の隅々《すみずみ》に負の感情が張り付くのを想像しながら、カリアンはそれから逃《に》げるためのなにかを探し、そして鞄の中のあの手紙を見つけることになる。

†

生徒会室のドアが乱暴に叩《たた》かれたのは日が沈《しず》んでからだった。執務《しつむ》机には生徒会の役員が用意してくれた夕食代わりのサンドイッチが載《の》っていた皿があり、カリアンは食後のお茶を楽しんでいた。

ドアを開けて入って来たのはフェリだった。入学したての一年生のためか一般《いっぱん》教養科の制服姿にやや違和感《いわかん》がある。妹が十二の時に別れ、そして十六歳へと成長した姿で再会したことも関係あるだろう。記憶とのギャップに最近になってようやく慣れてきたところなのだ。思春期の成長のすごさというものを改めて思い知らされた気分だった。

念威繰者特有の無表情は昔から変わらない。だが、いまは頬《ほお》に赤みが走り、息も荒かった。自分の部屋からここまで、急いでやってきたのだろう。

「兄《にい》さん」

荒い息のまま吐かれた呼び方は昔とは違った。

「……どういうつもりですか？」

その手にはビニールで梱包《こんぽう》された一式の服が入っていた。

「これは、どういうつもりですか？」

表情には出ない怒《いか》りが視線に宿り、カリアンを刺《さ》す。

メガネを直す振《ふ》りをして表情を隠《かく》す。手を離《はな》した時には自分が求めていた顔が出来上《できあ》がった。

冷たく、突《つ》き放す表情だ。

「見ての通りだよ。君には武芸科に転科してもらう」

「なぜですか？　わたしは……」

「できるなら君の思う通りに生きさせてやりたかったが、この学園の状況がそれを許さない。君にだって、この学園の状況はもう理解できているだろう」

「それがわたしとなんの関係があるというのですか。次の武芸大会に負けたらツェルニのセルニウム鉱山がすべて無くなるということはわかってます。でも、学園都市なんてどうせ去る場所ではないですか。それなのに……」

「フェリ」

彼女《かのじょ》の言いたいことはわかる。そしてその心境もわかる。だが、カリアンは妹の言葉を止めた。

「それは、ここで自らの道を模索《もさく》する大勢の生徒たちに対して失礼だ」

「それなら、わたしは他の学園都市に……」

「それを故郷の両親が許すと思っているのかい？」

フェリは俯《うつむ》いた。俯く前に唇を噛《か》むのが見えた。フェリの天才的な念威能力は故郷サントブルグで絶大な期待がよせられている。本来なら彼女はサントブルグの外に出ることなど、一生許されることではなかった。

だが、彼女の想《おも》いを汲《く》んだ両親が期間限定で、しかも兄であるカリアンのいるツェルニならばと、許可を出したのだ。

都市政府を説得するのに、情報貿易で絶大な富を得ているロス家の影響力《えいきょうりょく》を最大に利用したはずだ。実際、対外的には彼女は修行《しゅぎょう》という名目でツェルニにいるのだ。フェリほどの念威繰者が都市から離れるということは、それだけの重大事だということだ。

「……好きで念威繰者に生まれたわけではありません」

「わたしだって、好きで一般人でいるわけではないよ。わたしに君ほどの能力があればこんなことはしなかった。望む者が望むだけの才能を手に入れられるような社会ではない以上、君への理不尽《りふじん》はどこでだって付きまとう」

それで納得するはずもない。事実、フェリは俯いたまま動かなかった。だが、これ以上の抗弁《こうべん》もしない。ただ俯き、動かなかった。

「君は明日から武芸科だ。クラスが替《か》わることはないからこのまま通いなさい。それ以外の手続きは追って知らせる」

室内に響《ひび》いた自分の言葉はひどく乾燥《かんそう》していた。妹は俯いたままおぼつかない足取りで部屋を出ていく。

一人になった部屋でカリアンは椅子《いす》に背を預けた。疲労《ひろう》が一度にやってきたように体が重かった。

脳裏に浮かぶのは先ほどの妹の姿、俯いて歩くその背中にカリアンはどうしようもない違和感を覚えてしまう。見守れなかった数年間の空隙《くうげき》がいまだに埋《う》まらない証拠《しょうこ》だ。

そしてそれはおそらく、妹も同様なのではないだろうか。

†

カリアンは手紙を開いた。

封《ふう》を開いた時、長旅《ながたび》の間に紙片に染み込んだ様々なにおいの他《ほか》に、かすかな花のような香《かお》りが鼻孔《びこう》をくすぐった。それは外界の匂《にお》いだった。自分が辿《たど》り着くはずのない場所の香りだ。自分が足を踏《ふ》み入れることなどないだろう場所にある空気の要素だ。

仮初《かりそ》めの異界との交わり。

カリアンはこういう手紙が出回る理由がよくわかった気がした。

手紙は機械による印字ではなく、ペンによる手書きだった。丁寧《ていねい》な文字だった。書体からして、どうやら女性のようだ。カリアンはさっきまでの気分を忘れて手紙を読み始めた。

初めまして、誰とも知れない人。わたしの名前はシャーリー・マーチ。この手紙がわたしの故郷に辿り着くなんて間抜《まぬ》けなことになってないことをいま現在祈《いの》っています。どうかな？

どうかな？　と聞かれても困る。この手紙にはシャーリー・マーチの故郷の名前については一言も触《ふ》れられていない。

だが、こういう書き方をするということは生まれ故郷の都市を出ているということなのだろう。そんなことができるのかと、カリアンはひどく感心した。

放浪バスが存在し、決して少なくない数の人々がそれによって移動しているという事実は承知しているが、それでも外の都市の存在に知識以上の実感が追い付かない。

彼女がどういう経緯《けいい》で自分の都市を出ることになったのか気になったが、それは手紙の末尾《まつび》にある住所を読むことで簡単に判明してしまった。

カリアンは手紙を読み進めた。


外へ出たわたしがこんな手紙を送るのはおかしなことかもしれないけれど、でも、よく考えてみたらそれほどおかしな話でもないのよね。わたしが知ることができるのはたった二つの都市の光景だけ。放浪バスの関係で立ち寄った都市もたくさんあるけれど、ああいうのは見た内に入らないわ。だって、住人にならなければどこの都市も好きには動けないもの。

わたしは旅に出て知ったの。この世界にはわたしが思っているよりもたくさんの人がいて、都市がある。故郷にいた頃《ころ》に噂《うわさ》で聞くような都市の数なんて、ほんの些細《ささい》なものだわ。

世界はとても広い！

だけど、わたしの人生が関《かか》わることのできる都市は、きっとこの二つだけなのよ。

そこには彼女のあけっぴろげな欲望があった。もっと世界を知りたい。知識としてではなく実感として、生の体験としてこの自律型移動都市が無数に放浪する世界のことを知りたいという願望が文字の形で塗《ぬ》り込《こ》められている。

そして、その願望はきっと叶《かな》わないだろうという、ほのかな諦念《ていねん》もまたあった。

「なんだ……」

意外につまらない手紙だ。カリアンはがっかりとした。誰に届くかもわからない手紙だ。そこに書かれる内容が自分のことばかりになるのはしかたないにしても、初対面の相手にいきなり負的な面を見せるような文章で相手の好意を得られると思っているのだろうか。

自分よりは年上のようだが、そういう部分では自分よりも下だなと思った。

期待を裏切られ、カリアンは怒りを覚えていた。期待をしすぎた自分が悪いということもある。普段《ふだん》ならそう判断して苦笑ですませることが、いまはどうしてもできなかった。

そうだ、返事を書こう。

ふと思いついた自分の考えに、カリアンは取り憑《つ》かれた。

相手は女だ。こんな手紙を書くのは誰かに出会いたいからだろう。

それなら、受け取った相手はとびきりのいい男ということにしてやろう。相手の気持ちを理解し、同時に尊敬し、そして労《いた》わるような男だ。

そうだ、それがいい。

俗悪《ぞくあく》な思いつきにカリアンは熱中した。頭の中で自分の考えた男がこの女にどんな返事を書くのかを考え、そして真っ白な便箋《びんせん》にペンを走らせた。

自分がどれだけつまらないことをしているか、嫌《いや》になるほどわかっている。手紙を書きながら、何度も手が止まった。だが結局は最後まで書いてしまう。封筒《ふうとう》を閉じ、宛名《あてな》を書き、郵便局に届けるまでにためらったのは一度ではない。

郵便局に手紙を預けた時に残ったのはどうにもならない自己嫌悪《じこけんお》だけだった。

自分が幼いとわかってしまうのが辛《つら》い。わずか十歳。大人《おとな》になれば、このどうにもならない精神の波に耐《た》える術が手に入れられるのだろうか？

だからわたしは、あなたに手紙を送ったの。名前も知らないあなた。できれば、わたしの知らない都市で生きる人であればいいと思う。でも、こんな星の数ほどもある都市の中で、わたしの故郷に届いてしまったのなら、それはそれでいいかもしれない。

あなたの話を聞かせてほしい。

あなたの都市の話を聞かせてほしい。


流易都市サントブルグ。情報貿易に特化した都市。体系的には一般都市に当たり、数年に一度の都市間戦争では、近隣《きんりん》にあるロンデリア、カラマリナスと戦うことが多い。一つは工業製品に優れた都市であり、一つは農産開発に優れた都市である。サントブルグにとって、最高の商売相手ともいえる二つの都市と戦わなければならないのはなんの冗談《じょうだん》なのだろうかと思わないでもない。

だが、その二つと仲が悪いために、サントブルグはより遠方の都市からの情報を仕入れなければならなくなったともいえる。そして、それらの情報はロンデリア、カラマリナスの両都市にとっても喉《のど》から手が出るほど欲《ほ》しいものでもある。結果、三つの都市は頻繁《ひんぱん》な争いによって醸成《じょうせい》された敵対感情の悪化の中でも、自然と情報を流通させるようになった。

学園都市というのは、数ある商売相手の中でも優先度が高い。未熟者たちの集まりであるが、同時に多数の都市の人材が集積する場所でもあり、価値観の混在する都市でもある。そういう場所では柔軟《じゅうなん》さが求められ、研究・開発に同様の精神性が発揮される。学園都市発の研究が高い評価を得《え》、他の都市で発展応用されたものは多い。

シャーリーへの気遣《きづか》いを忘れず、自分の都市の説明をしていった。改めて自分の都市のことを考えたが、しかし特になにかの感慨《かんがい》を覚えるようなことはなかった。

外の場所。

外にはここにはない新鮮《しんせん》なものが存在するのだろうか。閉鎖《へいさ》されたそれぞれの都市にはそれぞれの文化が存在するという。だが、サントブルグがやっていることは、そこに存在する文化や文明の差を平均化するような行為《こうい》だ。

情報という流れによって砂の紋様《もんよう》を均《なら》すようなものだ。

ならば、サントブルグが栄えている現在、多くの都市は平均化され、何の見どころもない場所となっているのではないか。

やはり、どこにいようと同じなのだろうか。

そんなことを考えている内に日は流れていった。最初は返事がやってくるだろうかと期待と不安が混ざり合った気分で過ごしていたが、やがて都市間の郵便の気の長さに思い至り、忘れてしまっていた。

カリアン宛に手紙が届いたのは、三か月後のことだった。

†

カリアンは届けられた書類に合格の判を押《お》し、通知を出すように手続きを進めた。

彼ほどの優《すぐ》れた武芸者を手に入れることができれば、次の武芸大会での勝利は間違《まちが》いない。彼にはそう思わせるだけの実力があった。

だが、その武芸者を活《い》かすのに優れた念威繰者《ねんいそうしゃ》が必要になることもカリアンはわかっている。優れた武芸者に広範囲《こうはんい》の情報を的確に提供することができれば、それだけ彼は自らの実力を引き出しやすくなる。

そのためにはどうしても念威繰者としてのフェリが必要だ。

「しかし……」

カリアンは再び彼の書類に目を落とした。

希望する学科が一般教養科となっている。

たしかに、彼ほどの武芸者が武芸科志望としてツェルニに来たとして、なにかを学び得ることなどないだろう。それだけでなく、フェリと同様に彼が都市外に出ることを都市政府や市民たちが許すとは思えない。

なにかがあったのだ。

そのなにかを知っておくべきだ。彼には入学と同時に武芸科に転科してもらわなくてはならない。彼がやってくる予定のその年こそ、武芸大会のある年なのだから。

情報収集のための手段を模索《もさく》しながら、カリアンは室内にある花瓶《かびん》に目を向けた。

赤い花はその重い花弁を下げて、カリアンに向けて開いている。

「……私のやり方は、ひどすぎるかな」

花に話しかける。

だが、そこから漂《ただよ》う香《かお》りは記憶《きおく》にあるあれとは、まったく違《ちが》うものだった。

†

執事《しつじ》が部屋へと届けてくれたその手紙に、カリアンは首を傾《かし》げた。

だが、送り主の名を見て、すぐに三か月前の自分が蘇《よみがえ》ってきた。

どうしようもない自己嫌悪と気恥《きは》ずかしさに、カリアンはその手紙を読まずに捨てようかとも思った。

しかし、彼女がどういう返事をしてきたのかも気になる。

悩《なや》み抜《ぬ》いた末、カリアンは手紙を開いた。

やぁ、こんにちは。

返事をくれてありがとう。

実を言うと、同じ文面の手紙を十通送っていたの。その中で、あなたは三人目の人ということになるんだけど……

あなたほど最低の返事を書いてきた人はいなかった。


頭をガツンと殴《なぐ》られたような衝撃《しょうげき》がカリアンを襲《おそ》った。

あなたはわたしの意図をきちんと理解してくれていた。わたしの気持ちをちゃんと理解してくれていた。

理解した上で、あなたはわたしを馬鹿《ばか》にしようとした。

わざわざ、遠く離《はな》れた都市に住むわたしをよ。こんな気の長い嫌《いや》がらせはなかなかないわよ。


背中に感じた冷や汗《あせ》が大粒《おおつぶ》となって流れていく。

見抜《みぬ》かれた。あの日あの時にあったカリアンの悪意をこの女性は文面だけで読み取ったのだ。

カリアンは侮《あなど》っていた相手が隠《かく》していた鋭《するど》い爪《つめ》に切り刻まれていた。目の前が眩《くら》むような気分になりながら、それでも手紙の続きを読むことを止めなかった。

でも、三人の中ではあなたが一番気に入ったわ。ちゃんとわたしにあなたの都市のことを説明してくれたし。でも、残念ながら及第点《きゆうだい》はあげられないけどね。わたしが知りたいのは、もちろん都市の歴史や特色でもあるけど、そうじゃない。光景なのよ。風景でもいいわ。あなたの目から見た都市は情報の羅列《られつ》でしかないのかもしれないけれど、そうじゃなくて、もっと肉感的な感触《かんしよく》としてあなたがその都市で感じているものを教えてほしいの。あなたには抽象《ちゆうしよう》的な説明では理解できないかもしれないけど。

あ、そうそう。

あなた、手紙では二十歳ってなってるけど、ほんとはもっと下でしょ？

あなたにまだ、語り足りないものがあるなら手紙をちょうだい。

その時は、もう少し有意義な話ができるといいな。

ここまで敗北するか……

手紙を読み終わり、カリアンは天井《てんじょう》を仰《あお》いだ。

あの時にあった暗い熱によって生み出されたほんの出来心《できごころ》のいたずらを、ここまで完膚《かんぷ》なきまでに粉砕《ふんさい》されるとは思いもよらなかった。

「こんなことがあるのか？」

読み終えた後も半ば信じられなかった。もしかしたら手紙の主は住所通りの場所にいるのではなくて、サントブルグに、しかもカリアンをよく知る人物によるものではないかと疑いたくなる。

だが、そんなことができそうな人物に心当たりがない。父や母ならば……しかし、父は日々の仕事に忙《いそが》しく、母もまた、そんな父を助けるために忙しくしている。そのような暇《ひま》があるはずがない。

本当に、この人物はサントブルグにいない。

そう考えるべきだろう。

そしてそう考えれば……

「こんな人物が都市の外にはいるのか」

敗北感は消えない。しかしカリアンはふつふつと胸の内に好奇心《こうきしん》が湧《わ》きあがるのを抑《おさ》えられなかった。

すぐに白紙の便箋《びんせん》を探した。文章を考えるのももどかしく、カリアンはペンを走らせる。

なにを語ろう。なにを語ればいいのだろう。

迷いながら進むことがこんなにも楽しいとは、カリアンは初めてそういう心境となった。

†

ノックとともに生徒会長室に訪《おとず》れたのは、硬《かた》い表情をした武芸科の少女だった。

すでにカリアンの隣《となり》に控《ひか》えていたヴァンゼは渋《しぶ》い顔でやってきた少女を見つめている。

「失礼します。武芸科二年、ニーナ・アントークです。お呼びと聞きましたが？」

「ああ、呼んだよ」

カリアンは頷《うなず》き、手もとの書類を見た。小隊設立の要請書《ようせいしょ》だ。

「十七番目の小隊を設立したいそうだね？」

「はい」

「書類を見る限り、最低人員も揃《そろ》っていない。書類上だけの隊を作るつもりはないよ」

カリアンの言葉にニーナはひるまなかった。硬い表情を維持《いじ》し、少しだけ頷いた。

「おっしゃる通り、現在の隊員はわたしとシャーニッド・エリプトン。あとは錬金鋼《ダイト》の調整を担当する錬金科の生徒一名です。ですが、シャーニッドは第十小隊でも活躍《かつやく》した人物です」

「それに君も、第十四小隊に一年生ながら入隊していた。シャーニッド君もそうだが、若《わか》手《て》の俊英《しゅんえい》という奴《やつ》だね。確かに人員が揃えば期待はできそうだ」

「カリアン」

ヴァンゼが小声で言葉をはさんだ。彼の意図は、彼女の小隊設立を断念させることにある。ニーナにシャーニッド、両名ともに有能な武芸者だ。だがまだ若い上に資質として隊長にむいているかどうかという疑問がヴァンゼにはある。特にニーナはまだ二年生ということもあり経験を積ませる方が先だと考えている。

たしかに、ヴァンゼの言う通りだろう。

「……聞いておきたいのだが、どうして小隊を設立しようと思ったのかな？　君が所属していた第十四小隊になにか不満でも？」

「不満などありません。第十四小隊は良い隊だと思います」

「では……？」

「わがままだとは承知していますが、わたしは、もっとわたしの意思を反映した戦い方をしてみたいと思いました」

「第十四小隊ではそれができないと？」

「第十四小隊は良い隊です。ですが、あの場所でわたしの考えを押《お》し通すには時間が必要です。そして、その時間がツェルニにあるかどうかは疑問です」

「率直《そっちょく》な意見だ」

彼女の性格にカリアンは眩《まぶ》しささえ感じた。愚直《ぐちょく》なほどにまっすぐだ。小隊員を揃えない内からこんな書類を提出する辺りが、彼女の根回しのできない愚直さを表している。

若さゆえの性急さだと却下《きゃっか》することは簡単だ。設立にはカリアンの承認が必要だとは言え、この状態ならばヴァンゼが一言で切って捨てることは可能だっただろう。

だが、こんな状態になっている。

それはつまり、ヴァンゼもまた彼女のまっすぐさに押し切られたということだ。

「君の熱意は理解した」

カリアンの言葉でニーナの表情が綻《ほころ》んだ。隣でヴァンゼが小さくなにかを言うが、それを抑える。

「だが、小隊員が揃っていない以上、正式な認可を与《あた》えることはできない。また、人数合わせで適当な武芸科生徒を充《あ》てるなどという真似《まね》も許されるべきではない。小隊員に簡単になれるなどという既成《きせい》事実ができてしまえば、武芸科生徒たちの士気に関《かか》わってくる」

「……はい」

綻んだニーナの顔がまたも硬くなる。暗い予感に警戒《けいかい》をしていた。

「こうしよう。仮認可を与える。期限までに小隊員を揃えられなければ認可は取り消しとなる。期限は……そうだね、来年の入学式一か月後くらいだね。君とシャーニッド君、二人とも有能な武芸者だ。第十七小隊が設立できなかったとしても、遊ばせておくには惜《お》しい。どこか他の隊に再入隊するにしても、それぐらいの期間は必要になるだろう」

「そんなことにはなりません」

「そう願いたい」

カリアンの言葉を挑発《ちょうはつ》と受け取ったのか、ニーナが鋭く睨《にら》みつけてくる。武芸者の敵意は背筋を冷たくさせる。だが、カリアンは表情を変えなかった。不良武芸者が流れてきやすいのが学園都市だが、彼女はそういう類《たぐい》の人物ではない。

「期待しているよ。そうだ……」

思いついたふりをしながらカリアンは用意していた言葉を紡《つむ》いだ。

「そうそう、実は君に紹介《しょうかい》できる人物が一人いるのだけれどね」

「え？」

「念威繰者だ。身内びいきになるが、才能はある子だよ」

ニーナの目が輝《かがや》いた。武芸者という特異な才能と体質を持つ人種から、さらに変異した形である念威繰者の数は必然的に少ない。才能のある念威繰者となれば、目の前にいるニーナでなくとも喉《のど》から手が出るほどに欲《ほ》しい人材だろう。

「是非《ぜひ》、紹介してください」

勢いよく頭を下げるニーナに、カリアンは薄《うす》い笑《え》みを浮《う》かべた。

最初からそのつもりだった。

ヴァンゼからこの話が来た時から、彼を動かすほどの彼女の熱意に興味を持った。そして彼女はカリアンの予想よりもはるかに強固な意志を持っている。

そしてなにより、いまから小隊を設立するというのであれば、その練度はどう考えても不完全だ。

そんな土壌《どじょう》なればこそ、逆に彼を迎《むか》え入れることができる。すでに形の定まった小隊ではやはりやりにくいに決まっている。それよりもこれから発展する場所の方が彼を迎え入れた後の反応《はんのう》に、柔軟性《じゅうなんせい》を期待できるだろう。

いや、たとえ彼の実力に他の者たちが精神的に追従するようになったとしても、それでもフェリがいれば十分だ。そしてその場合、せっかくの練度の高い小隊がだめになるよりも痛手《いたで》は軽微《けいび》となる。

「貴様、なにを考えている」

意気揚々《いきようよう》と生徒会長室を出ていったニーナを見て、ヴァンゼの顔は渋《しぶ》いままだった。

「彼女の熱意に負けたのさ」

その言葉がヴァンゼに通じたのかどうか。しかしカリアンの頭にあるのは、来年、本当に彼が来るのかどうか、そのことだけだった。

まだ、彼が本当にやってくると決まったわけではないのだ。

†

それから三度、彼女と手紙のやり取りをした。手紙は以前と同じ三か月かかったことが一度あったが、それ以外では一か月、二週間と思いの外早く届いた。放浪《ほうろう》バスが通過する都市の数やルートに違《ちが》いがあるのだろうが、それにしても面白《おもしろ》いほどの違いようだ。ルートはそんなにも違うのかと思ってしまうが、よく考えれば全《すべ》ての都市が移動しているのだ。二つの都市の間にある距離《きょり》、それがどれほどのものかわからないが、移動のルートが常に違うのは当然なのかもしれない。

もしかして、世界は広いようで実は狭《せま》いのではないのだろうか。都市があちこちを動きまわっているから、そして汚染獣《おせんじゅう》が荒野《こうや》を支配しているから、こんなにも遠く遥《はる》かに感じてしまうのかもしれない。

そんなことを書いて手紙を送った。

四度目の返事は、六か月後に届いた。

年を越《こ》し、カリアンは十一歳になっていた。年を重ねることに初めて意義を感じるようになっていた。あと数度年を越せば、カリアンにも資格がやってくる。その時にはこの都市を一度出てみようと思った。幸いにもロス家は情報貿易を日々の糧《かて》としている。父自身も、いまはサントブルグに落ち着いて人を使っているが、結婚《けっこん》するまでは都市間を旅していたのだという。カリアンが外に出てみたいと言えば、賛同してくれる公算は高い。

初等学校を卒業したら……

だが、一つ気がかりがある。

いや、残念な事実の方が正しいか。

君の頭はやっぱり年相応じゃないね。まったく可愛《かわい》げがない。でも、そうだね。都市の位置次第《しだい》で安全なルートが変わってくるらしいから、近くの都市でも直線距離以上の時間がかかるのが普通《ふつう》らしいわね。交通都市出身の友達《ともだち》に聞いた話だけど。

それにしても、都市間流通の要《かなめ》である放浪バスの統制をヨルテムの電子精霊《でんしせいれい》だけが担当していってのはどうなんだろうね。不吉《ふきつ》な話だけど、ヨルテムが汚染獣に滅《ほろ》ぼされたりしたらどうなるんだろ？

って、普通に意見求めてたら気長に待たないといけないから一応、持論を展開しておこうかな。

そうね。電子精霊がどうやって生まれてるのかは知られてないけれど、都市ごとに特色があったりするところから、人類を生かすためのなんらかのシステムと考えるべきかな。意思を持ち、都市そのものを肉体と定義すれば、わたしたちと同じ生命ということになるわね。そこから、電子精霊は個体で活動する生命体でありながら役割分担のできる集団的生物という考え方ができるんじゃないかな。

シャーリーに会えないということだ。彼女は学園都市に在籍《ざいせき》している。彼女がいまいる都市に行ったとしても、その時には彼女は卒業してすでにいない。

そんな簡単なことに、カリアンはつい最近まで気付くことがなかった。

手紙を読みながら、カリアンはシャーリーの論に感心しつつその事実に暗澹《あんたん》たる気分と驚愕《きょうがく》を感じていた。

「シャーリーに会うために、僕《ぼく》は外に出たがっている？」

都市間。放浪バスとこの手紙の存在で自覚が希薄《きはく》になっているが、不可能ではないにしろ気の遠くなる距離と危険を孕《はら》んでいるという事実は間違いない。

なにより、彼女は自分の生まれ故郷のことを話してくれてはいない。卒業後にどうするかという話もしてくれていない。

聞くべきだろうか、聞けば話してくれるだろうか？

聞いて、それでどうするのか？

彼女の向かう場所に行くのか。彼女の生まれ故郷に。

それで、どうする？

いや、行きたいその気持ちを表す言葉を、カリアンはすでに知っている。自覚したことがなかっただけだ。知識だけだった。早熟していると思われていた知識と思考が、少年としての正しい成長をいまようやく自覚したのだ。

刷り込みのようなものなのかもしれない。初めて意識する異性だということだ。しかもそれが顔も知らず、ただ文字に表されただけの性格と知性だけで惹《ひ》かれているのだ。そういう部分だけは自分らしいかもしれないと己《おのれ》を笑い、カリアンは平静を取り戻《もど》そうとする。

だが、それで取り戻せる平静や冷静さなどにそれほどの意味はなかった。

会えたら言うではだめなのだろう。

都市の数はそれこそ無数にあり、別々に暮らすカリアンとシャーリーが偶然《ぐうぜん》に出会う可能性などないに等しい。

カリアンが父の後を継《つ》いで情報貿易に携《たずさ》わり、また若い時の父と同じように都市間を旅したとしてもその可能性がやや上がる程度だ。会うことすらできないまま自分のこの気持ちは終わってしまうのか？　そう考えると苦い気持ちが手を震《ふる》わせた。

このままではだめだ。

決心をしなければならない。

待つだけでは何も訪《おとず》れない。彼女がサントブルグに訪れることを待つなど、奇跡《きせき》を待つに等しい。

行動を起こさなければならない。いや、なにか大それたことをしようというのではない。これから彼女のいる学園都市に向かうなど現実的に不可能だ。カリアンのような子供が放浪バスに乗る手続きを一人で取ろうとすればそれだけで怪《あや》しまれる。

今この段階で、彼女に会いに行こうとするのは不可能と考えるべきだ。

それに、こんな子供が彼女に会いに行って、それでどうしようというのだ？　時間も場所も、カリアンに味方してくれるものはなにもない。

やるべきことは一つしかない。

あまりにもささやかな行動だが、それでも育ち始めた不確かな気持ちを晒《さら》すことにカリアンは抵抗《ていこう》を覚え、そしてその抵抗に逆らうようにペンを手に取った。

†

濃《こ》い闇《やみ》がそこにある。

地下という世界はどれだけ大地が眩《まぶ》しい光に照らされていようと関係ない。闇に満たされた水槽《すいそう》の中にいるようで、カリアンはシャツの襟《えり》に指を入れた。

「どうかな？」

「疑似《ぎじ》神経パルスの打ち込みはいつも通りに失敗。反応があるだけに諦《あきら》められない」

傍《かたわ》らに立った錬金科長《れんきんかちょう》の病的に痩《や》せた顔を見ないで済むことだけはありがたい。

二人の視線の先には闇の中に浮《う》かぶ淡《あわ》い光があった。闇はその光の周囲が最も濃い。まるで光の中央にあるそれに吸い寄せられているようであり、そして光に弾《はじ》かれているかのようだ。

「常々疑問に思っているのだが、目覚めさせたいのかい？」

「元は守護獣《ガーディアン》計画の事故で生まれた分離体《ぶんりたい》だ。ただでさえ解析《かいせき》不能な存在から分離したものだが、長い時を経《へ》てさらに変化した。もはや正体などわかるはずもない」

そう喋《しゃべ》る彼の口調はとても熱を帯びている。そしてこちらの求める答えとは違う。闇の中では表情まではわからない。だが、取り憑《つ》かれた顔を確認《かくにん》したいとは思わない。

太陽の下で会えばまともな研究者なのだが、ここで会う時の彼は違う。今ここにいる彼こそが本性《ほんしょう》なのか、あるいはこの闇が彼をこうさせているのか。

「目覚めれば、どうなるかわからない」

「これの内包するエネルギー量は未知数だ。膨大《ぼうだい》であることは確《たし》かだけれどね。もしも再統合が可能となれば、現状の問題は解決する」

「希望的観測にすぎない」

そうではないだろう。カリアンは錬金科長の言葉を途中《とちゅう》から聞き流した。そうではない。この男はここに沈殿《ちんでん》する闇と同様に、この存在に取り憑かれているのだ。ツェルニの未来を考えての行動ではない。この男はただ、この存在を目覚めさせたいのだ。

現在の窮状《きゅうじょう》が、彼に口実を与《あた》えてしまったのだ。

ツェルニに隠《かく》された光景。生徒会長となることで見ることができたこの光景は、ある種の偉業《いぎょう》であり、ただの偶然であり、サントブルグでは見ることができないものだろう。

そして、なにか末恐《すえおそ》ろしいもののようにも思える。

（これが、君の見せたかったものか？）

シャーリー、かつてここにいた君。

君も、この光景を見ているはずなのだ。

†

部屋に戻っても冷たい空気しか出迎《でむか》えてくれない。

妹は自分の部屋に引きこもっていた。彼女とはここ数日顔を合わせていない。しかたがないことだとしても、心苦しい。妹の生き方を肯定《こうてい》してやりたい。いや、彼の入学の可能性を知るまでは、たとえツェルニが今期の武芸大会で負けることになろうとも、フェリの望む生き方をまっとうさせてやろうと思っていた。

諦めていたのだ。あの瞬間《しゅんかん》まで。

だが、奇跡が起きた。いや、起きるかもしれないのだ。滅多《めった》に起きることのない奇跡が起きるのならば、その奇跡を有効に活用したいと考えるのは自然なことではないか。

ツェルニが生き残る希望があるのなら、妹には犠牲《ぎせい》になってもらわなければ……

たとえこの先、妹に恨《うら》まれ続けることになるとしても、だ。

すでに深夜。カリアンは部屋着《へやぎ》に着替《きが》えると物音をたてないようにキッチンに行き、お茶を一杯《いっぱい》淹れるとリビングに戻った。

常夜灯のまま、お茶を呑《の》む。暗い部屋の中、カップから漂《ただよ》う香《かお》りだけがカリアンの感覚を刺激《しげき》した。

嗅覚《きゅうかく》。始まりはこれだった。香りだ。手紙の中にわずかに残っていた違う都市の香り。これに引きつけられた時から、カリアンがツェルニを訪れることは決まっていたようなものだ。

彼女は、シャーリーは、あの時ツェルニにいたのだから。

ドアの開く音に視線を動かすと、フェリの姿が常夜灯のほの暗い中で浮かんでいた。表情は読めないが肌《はだ》を撫《な》でる気配はカリアンを拒絶《きょぜつ》していた。

ソファに座《すわ》るカリアンの背後を抜《ぬ》け、キッチンへ。蛇口《じゃぐち》からの水音の後、すぐに姿を見せた。どうやらふいに目覚めてしまい、水を飲みに来ただけのようだ。

「フェリ」

そのままドアの向こうへ消えようとする妹を、カリアンは呼《よ》びとめた。

「……なんですか？」

「来年の武芸大会。それが終われば、結果がどうなろうと君の好きにしたらいい。どのみち、私は卒業してしまうのだから。束縛《そくばく》する者はなにもなくなるのだから」

「……そんなにうまくいくと思ってるのですか？」

カリアンの言葉にフェリは喜びを見せる隙《すき》さえもなかった。

聡《さと》い子だと思う。だがそれはカリアンのような聡さではなく、念威繰者《ねんいそうしゃ》という、類を見ない才能を持ったが故《ゆえ》の、境遇《きょうぐう》が生み出した聡さだった。

「わたしの念威を知った人たちが、わたしが一般《いっぱん》教養科に戻ることを許してくれると思いますか？　兄さんが戻してくれたとしても、次の生徒会長がそれを許したままでいてくれると思いますか？　いなくなる人の誓約《せいやく》なんて、なんの意味もありません」

言葉はなかった。同意したところで彼女の怒《いか》りを助長するだけだろう。

「わたしにできることは……」

最後まで言うことなく、フェリの言葉は薄闇《うすやみ》の中に消えた。

できることは、本気を出さないこと。こう繋《つな》がっただろう、おそらくは。

「兄さんは、どうしてそんなにこの都市を守りたいのですか？」

続く問いの答えは求められず、妹の姿は閉じるドアによって隠されてしまった。

「……大衆を扱《あつか》う術よりも、個人と対する術の方がはるかに難しいよ」

ツェルニを訪れてから五年、シャーリーが在籍していたという生徒会に早い時期から関《かか》わり都市運営のやり方を学んだが、個人との接し方は昔と比べてもあまり成長していないのかもしれない。

カリアンは嘆息《たんそく》すると冷め始めたお茶をやや急いで飲み干した。

「どうして……か」

部屋に戻りベッドに潜《もぐ》り込《こ》む時、窓辺に置いた花瓶《かびん》に目が行った。花が暗い中でもわかるほど萎《しお》れている。

明日また、花屋を廻《まわ》ろう。

そう考えて、眠《ねむ》りに落ちた。

†

手紙を書いた。出来《でき》がどうなのか、そんなことはわからない。自分の全《すべ》てを吐《は》き出せたことへの満足感は、その答えを待つ不安感、そして文面を思い返すたびに起こる、こう書けばよかったのではという後悔《こうかい》によってすぐに潰《つぶ》されてしまった。

一日がとても長かった。胸を潰すような重圧が何度も襲《おそ》いかかり、それはいく日をまたいでも消えることはなかった。

一か月が気の遠くなるような時間に思われた。

二か月が永遠のように思われた。

だが、時間は過ぎていく。

三か月が過ぎようかという時になって返事が来た。


正直、驚《おどろ》いたよ。

なんのことかは、わかってるよね。

最初は、悪いけど冗談《じょうだん》かなと思った。だって、こんなに離《はな》れているわたしにそんな気持ちになるなんて、ちょっと信じられない。夢は見るけど、ちゃんと地に足は着いてる。ああ、わたしはやっぱり女の子なんだなって思うのよね。

もちろん、嬉《うれ》しいよ。女の子だからね。わかるかな、この微妙《びみょう》な違《ちが》い。

でも、ごめん。

君の気持ちには応《こた》えられない。

年の差とか、距離《きょり》とか、そういう問題じゃないよ。

わたしには好きな人がいる。

その人はどうしようもない、わたしと同い年のくせに悪たれみたいなところがあって、でも時々、とんでもなくまじめな顔をするような、そんな変な奴《やつ》なんだ。

正直、わたしみたいなまともな人間は付き合っちゃいけない類の人間だってわかってる。

でも、どうにもならない。

たぶん、この気持ちは叶《かな》わない。

それがわかっているのに、どうにもならない。

勝手な解釈《かいしゃく》だけど、君もそれはわかっているよね。たとえ気持ちの問題が片付いたとしても、君はわたしの故郷には来れない。わたしはサントブルグには行けない。

わたしにも、わたしの事情があるから。


手紙はまだ続いている。だが、カリアンは待ち焦《こ》がれた手紙の、その先を読み続けることができなかった。

決着はついていた。

シャーリーの書く通り、わかっていた決着ではある。叶うはずがないのだ。

だが、書かずにはおれなかった。吐《は》き出さないままにはできなかった。

涙《なみだ》は出なかった。ただ、喉《のど》の奥《おく》が熱く苦しかった。

終わったのか。

そう思った。

†

翌日。カリアンは生徒会の仕事の合間に外に出た。花を買うためだ。部屋の花もそうだが、生徒会長室にある花もだいぶ生気を失っている。新しい花を求めて、カリアンは商店街に向かう道を歩いていた。

と、曲がり角から女生徒が出てきた。

商店街に向かう道とは違う。カリアンも入ったことのない路地から現れた女生徒は花束を抱《かか》えていた。エプロンをかけたままの姿から、どこかの飲食店でバイトしているのだろうと推測した。なら花は、その店で使う飾《かざ》りか。

カリアンの顔を見て、その女生徒はやや驚いた顔をし、そして会釈《えしゃく》して去っていこうとした。カリアンも笑顔《えがお》を返し、その隣《となり》を過ぎようとした。

香りが鼻孔《びこう》をくすぐった。

「……ちょっと、待ってもらえますか？」

慌《あわ》てて振《ふ》り返ると、女生徒を呼び止める。驚く彼女の前に立ったカリアンは、彼女が胸に抱える花を見た。

淡《あわ》い黄色をした、小さな花だった。

見たことのない花だ。ツェルニに来てから多くの花屋を巡《めぐ》ったが、こんな花は見たことがない。

いや、この香りに再会することがなかったという方が正解だ。

「あの……」

「すいませんが、この花はどこで？」

戸惑《とまど》う女生徒に質問すると、彼女は素直《すなお》に教えてくれた。カリアンは礼を言い、その場所に向かった。

女生徒が現れた路地は細く、分岐《ぶんき》もなかった。建物《たてもの》と建物の隙間《すきま》のような道をまっすぐに進むと、そこに辿《たど》り着く。

ほぼきれいな正方形を描《えが》く空白地帯がそこにあった。四方は高い建物がそびえている。区画の再開発か何かで偶然《ぐうぜん》に生まれた空隙《くうげき》なのだろう。

その空間に温室があり、道具を収めるためのようなみすぼらしい建物があった。手入れが行き届かないためだろう。元はかなり見目の良い建物であったように見えた。

温室を覆《おお》うビニールの膜《まく》は不透明《ふとうめい》で、その中で動く一人の姿をなんとか確認《かくにん》できた。

近づくほどに、花の匂《にお》いが濃《こ》くなっていく。

「すいません」

カリアンが声をかけると、温室の中の人物が返事をした。声は、女性だった。

でも、これであなたとの関係が終わるのも寂《さび》しい。寂しいけれど、でもしかたがないのかもしれない。

†

わたしはあなたのことがやっぱり気に入ってるし。わがままなのはわかっているけどね。手紙だけの関係にちょっと特殊《とくしゅ》な熱が入っちゃっただけなんて、言うのは簡単だけど、言われた方はたまらないでしょうし。

だって、あなたはきっと本気だから。

でも、その本気はどれだけ続くのだろうね。永遠？　まさか。叶わない恋《こい》に永遠を誓《ちか》うのは、悪いけど、嘘《うそ》にしか思えない。だって、それではそれ以外の幸せになる方法を無視することになるから。それは誰の不幸だろう。あなただけ？　そうであるなら、あなたの人生だけの話だけれど。でも、あなたが不幸になるのを、はたしてわたしは無視していてもいいのかな？　あなたはいいと言うかもしれないけど。でも、わたしのせいであなたが不幸になるなんて、やっぱりごめんだわ。

あなたにはわたしへの気持ちを終わらせて欲しい。あなたには不幸になって欲しくないから。

わたしはこの学園の生徒の、誰も不幸になって欲しくない。

その気持ちと同じくらいに、あなたにも不幸になって欲しくない。

だって、あなたはこの学園にわたしがいたからこそ知り合うことができた人なのだから。

この六年という刹那《せつな》の時間の中だけでしか交われない大事な一人なのだから。

わたしの愛するこの学園が繋《つな》げてくれた一人なのだから。

もう来ることはないと思うけれど、あなたの返事が来るなら、わたしは歓迎《かんげい》する。その時にはあなたの気持ちの整理が付いていると思うから。

できるなら、わたしが苦労して作った小さな場所をあなたに見せてあげたいけれど。風景を語れないあなたがこれを見たらどんな顔をするか、ちょっと見てみたいのだけれど。

あなたがツェルニに来るなんて、そんな面白《おもしろ》いことがもしも起きるのなら、探してみて。運が良ければそれは残っているかもしれないから。

†

温室が開かれ、その香りが濃厚《のうこう》にカリアンを包んだ。

これだ。

間違いない。

シャーリーの手紙に常に混じっていた外の場所の香り。その正体は、この花だ。

「はい、なんでしょう？」

温室から出てきた女生徒は、額に浮《う》かんだ汗《あせ》をぬぐいながらカリアンを窺《うかが》った。生徒会長がこんな場所に一人でいることにやや不審《ふしん》を感じているようだった。

「ああ、すいません。この花は売っていただけるのですか？」

「あ、いえ。すいません、売ってはないんです。育つ条件の難しい花ですから量産できなくって。知り合いに少し譲《ゆず》るぐらいしか」

「では、ここは？」

「観賞花研究会出張所です」

「出張所？」

女生徒の答えにカリアンは辺りを見回した。

「同好会なのですか？」

「はい。この場所の環境《かんきょう》条件がこの花には良いらしくて、当時の人たちが交渉《こうしょう》して温室を作らせてもらいました」

「その当時というのはどれくらい」

「十年ぐらい前って聞いてます」

「そうですか」

やはり、ここだ。

「ちょっと、見せてもらってもいいですか？」

女生徒の許諾《きょだく》を得、カリアンは温室に入った。中には可憐《かれん》な黄色の花がいくつも並んでいる。小さな花なのに、なんとも強い香りだ。だが決して強すぎて不快になるということもない。胸の奥が、なんとなく清々《すがすが》しくなる。

これなのだ。

シャーリーの見せたい風景というのは。

彼女が苦労して作り上げた小さな場所。

それがここなのだ。

建物と建物の隙間、データとしては死んだも同然の場所で、こんなにも小さな場所で、花が咲《さ》き誇《ほこ》っている。

これが、彼女の言う風景なのだろう。

私は、こんな小さな場所に出会いたいがためにツェルニに来《き》、そして現在の苦境を救うために彼という奇跡《きせき》を利用し、妹を利用するのだ。

「あの、よろしかったら少し持っていかれますか？」

女生徒の申し出をありがたく受け取り、カリアンは温室を後にした。

花の香りが、彼の足を軽くした。

ゴースト・イン・ゴースト

走る。

そこにあるのは覚悟《かくご》。どうにでもなれという投げ放しの気持ち。

暗い場所。

迫《せま》る異形。

感情の読めない複眼。開かれた顎《あご》に敷《し》き詰《つ》められたヤスリのような牙《きば》の群れ。ずり潰《つぶ》されることを想像すれば背筋が震《ふる》える。

自分はどこにいるのかと疑いたくなる。

来たくもない場所にやってきて、
思ってもないものと出会っている。

これはなんの冗談《じょうだん》なのか？

どうして戦わなければならないのか？

フェリ・ロスは念威《ねんい》繰者《そうしゃ》であるはずなのに、どうして……と。

†

その日はなんの変哲《へんてつ》もない朝で始まり、学校に着いてからもしばらくは普段《ふだん》通りのままに時間が過ぎていった。

フェリ・ロスは基本的に友人を作らない。大勢の中で孤立《こりつ》することに特別、寂《さび》しさを感じない。友人を作りたくないわけではなく、人と話すことに苦痛を感じるわけでもない。ただ、一人でいることが苦痛ではないだけだ。

彼女《かのじょ》がことさらに他人との壁《かべ》を作っているわけではないことを教室にいる生徒たちは知っている。話しかければそれなりに答えるし、冗談にも彼女なりにではあるが乗っかってくる。

フェリはただ、他人と積極的に交流を持ちたがっているわけではないのだということを教室のみんなは知っており、だから彼女に話しかけてくる者は少ない。

「フェリさん」

だから逆に、教室でこんな風に親しげに話しかけられると調子が狂《くる》ってしまう。

昼休憩《きゅうけい》後の最初の授業が終わった後だ。教室移動の準備をしていると声をかけられた。

顔を上げれば、そこにはエーリが立っている。

エーリとはバンアレン・デイの時以来、挨拶《あいさつ》以上の言葉を交《か》わしたことがない。仲が悪くなったわけではなく、彼女も口数の少ない人間なのだ。

……独り言は多いのだが。

「ふふふ……一緒《いっしょ》に行きませんか？」

「はぁ……」

どうせ向かう先は同じなのだ。フェリはエーリのぎこちない笑《え》みの意図がわからず首を傾《かし》げた。

「で、なんですか？」

意図がわからなくても、なにか目的があるのだろうくらいはわかる。

「はうっ！……ふふっ、なんでわかったんですか？　ふふっ」

「びっくりしてるんだか、笑ってるんだかわかりませんよ？」

「ふふうふふ、仕方ないじゃないですか。わたしの癖《くせ》なんですから。昔、友達《ともだち》に暗いんだからせめて笑えと言われましてね。それ以来です」

きっと、その友達は言ったことを後悔《こうかい》しているだろうなと、フェリは言葉にせず思った。

「それで、なんですか？」

「ええ、実はわたし、サークルに参加しているのですが、そこで今夜イベントがあるんです。よければフェリさんも参加しませんか？」

「……そのサークルというのは？」

「怪奇《かいき》愛好会です」

「お断りします」

暗いながらもにっこりと笑ったエーリを置いて、全力の早歩きを敢行《かんこう》する。

「ああ！　待ってください」

エーリが小走りに追いかけてきた。

「そんな冷たいこと言わないでください」

「で、そのイベントというのは、もちろん廃墟《はいきょ》を巡《めぐ》ったりするわけですよね？」

「ええ。怪奇ツアーですから」

「不毛です」

「ああっ！」

速度アップ。エーリが必死に追いかけてくる。

「そんなこと言わずにぃ……会長さんに『友達も誘《さそ》ってきなさい☆』って言われたんです。会長さんが☆マークを付けてる時は絶対命令なんですよ」

「あなたの事情は知りません」

「そんなこと言わずに。わたし……サークル以外で友達といえばフェリさんしかいないんです」

「では、今日からあなたの友達リストからわたしの名前を削除《さくじょ》してください」

「そんな冷たい！」

エーリがその場でよよとくずおれる。何事かと心配した周りの生徒たちだが、エーリが暗い笑い声を零《こぼ》すと離《はな》れていった。

その姿がなぜか哀《あわ》れを誘い……いや、あの格好をさせた当事者であることがいたたまれなくなって、フェリは思わず足を止めてしまった。

止めて、後悔した。

こちらを見たエーリが、彼女なりの挑戦《ちょうせん》的な笑みを浮《う》かべていた。

「ふふふふふ……もしかしてフェリさん、幽霊《ゆうれい》が怖《こわ》いんですか？」

「まさか。電子情報で解析《かいせき》できないものを信用していないだけです」

正確にはフェリの念威《ねんい》端子《たんし》で探知できないものを、だ。

「知覚できない情報に惑《まど》わされていては、正確な情報伝達はできません」

「ふふふ……そんなこと言って、本当は怖いんですよね」

「いえ、ですから」

「大丈夫《だいじょうぶ》ですよ。いくらフェリさんが武芸者でも、怖い物の一つや二つはありますよね」

「…………」

どうやら、こちらの自尊心を刺激《しげき》して勢いで参加させたいようだ。エーリが考えた作戦だろうか？　それとも、会長とやらに入れ知恵《ぢえ》でもされたのか。

どちらにしても、フェリにこの作戦は通じない。特にエーリが使っても効果のない作戦だろう。

「ふふふ……」

エーリが「大丈夫よ」とでも言いたげにこちらを見ている。

「では、そういうことでいいです」

「ああん。待ってください」

芝居《しばい》は一瞬《いっしゅん》で崩《くず》れた。

「慣れないことはするものではないですよ」

「うう……ごめんなさい」

抱《だ》きついて止めてくるエーリを暑苦《あつくる》しく感じつつ、諭《さと》した。

「でも、新規参加者は友達を誘わないといけないんです。できなかったら罰《ばつ》ゲームなんですよ。ひどいと思いませんか？」

「そうですか」

「うう、お願いですから、わたしを助けると思って」

その姿が本当に哀れで、フェリは仕方ないとため息とともに頷《うなず》いた。

†

そして夜。

野戦グラウンドでの訓練が終わり、フェリは一度家に戻《もど》って着替《きが》えると、指定された場所にやってきた。

「あ、フェリさ～ん」

先にやってきていたエーリがこちらを見つけ、手を振《ふ》ってくる。来るかどうか本気で心配だったらしい。迎《むか》えに行くというのを断るのに本当に苦労した。

「ここですか……」

場所は生徒会棟《とう》のすぐそばだ。フェリの見上げる先には老朽化《ろうきゅうか》した建物《たてもの》がある。表面は保護塗料《とりょう》が剝《は》がれるか、あるいは浮き上がっている。並ぶガラス窓も汚《よご》れきっていたり、割れているものがあった。

夜ともなれば校舎のある区画からは一部を除いて人の姿がなくなる。人気のない校舎というのは、それだけで不安感を煽《あお》る材料だというのに、この建物はその上で長い間放置されている。

生徒会棟のあるツェルニの中心区画に放置された建物があるという状況《じょうきょう》は、不気味さを加味するには十分だ。

生徒会には何度か足を運んでいるが、この建物を見るのは初めてだった。それもそうだ。この建物の周囲には木々が植えられて林となっており、立ち入れない雰囲気《ふんいき》を醸《かも》し出している。

フェリが使ったただ一本の道も雑草が生《お》い茂《しげ》って人の立ち入りを拒《こば》んでいた。すでにこの場所には十人ほどの人間がいた。怪奇愛好会という、いかにも会員の少なそうなサークルだ。これで全員と言われても納得《なっとく》できるだろう。だが、エーリの話では百名以上が在籍《ざいせき》しているらしい。しかもエーリの参加しているサークルは支部らしく、すべてを合計すれば在籍者だけで千名以上になるとか。

「…………」

「ふふふ。でも、こういうのに参加するまじめな人はここにいるだけですよ」

呆《あき》れ果てていると、エーリがそう言った。フォローとしてはなんの意味もないのだが。他にもサークルで不定期に発行される怪奇本は好評で、その売り上げでサークルの運営費は賄《まかな》われ、時には大きなイベントも組めてしまうらしい。

そんなことを熱心に語る……もしかしたら勧誘《かんゆう》しようとしているのかもしれないエーリの隣《となり》にいると、集合の声がかかった。

鼻の辺りにそばかすを散らした、なんとなく謎《なぞ》めいた雰囲気のある女性だ。

どうやら彼女が怪奇愛好会の会長であるらしい。

「はーい。それじゃあ始めましょうか」

最終的には二十名ほどになった参加者をざっと見まわしてそう言った。それ以上の人数の確認《かくにん》などはしない。どこかおおざっぱな様子だ。

「まずは、初めてここに挑戦する新人たちもいるから、説明から始めようか。じゃ、特別ゲスト、どうぞ」

「おいおい、紹介《しょうかい》もなしか？」

『特別ゲスト』は苦笑《くしょう》気味に、群れの中から出てきた。

建物にばかり目を向けていたので気付かなかった。あるいは気配を極力抑《おさ》えていたのかもしれない。まさか殺到《さっけい》までは使っていなかっただろうとは思うが。さて……

会長の隣に立ったのが目立ちやすい大男だったので、疑ってしまいたくなる。

「特別ゲストのヴァンゼ・ハルデイだ」

自分でそう名乗るヴァンゼの顔には照《て》れがあった。

フェリは驚《おどろ》いていた。もしかしたら目を丸くしていたかもしれない。兄である生徒会長の隣にいる大男、いつも怒鳴《どな》っていたりイライラしていたりする落ち着きのない男。フェリにとって生徒会に所属する武芸長ヴァンゼとは、そういう男だった。

こんなところでマイナーサークルのよくわからないイベントに顔を出すような人物とは思えない。いや、さきほどの話からすればメジャーの部類に入るのか。しかし、こんな怪《あや》しげなサークルがメジャーであるとは思いたくない。

だが、ヴァンゼはフェリたちの前に特別ゲストとして立っている。これもまた事実なのだ。

特にどうという感情もない人間の意外な一面というのは、驚きと同時に気持ちの悪さを感じさせる。

そんな目で見られているとは気付かず、ヴァンゼが説明を始めた。

「この建物は旧錬金科《きゅうれんきんか》実験棟だ。現在の錬金科実験棟の前の建物になる。およそ三十年前の建物だ」

三十年。校舎の移設や新築というのはフェリが入学してからは一度もないが、そんな長い間使わない校舎を放置しておく理由がフェリには思いつかない。

「この建物が廃棄《はいき》されることになったのは錬金科による実験が原因だ。どんな実験かは記録が残っていないが、大きな事故だったようだ。内部に入ってみればわかるが、そこかしこが崩れている。危険だから崩落《ほうらく》部分には近づかないように」

生徒会役員らしい注意を挟《はさ》み、ヴァンゼは説明を続ける。

「その事故は校舎の破壊《はかい》だけにとどまらず、多くの死傷者が出た。そのことで当時の生徒会はこの建物の廃棄を決定。別の場所に新しい錬金科実験棟を新築した。さて、旧実験棟となったこの建物だが、もちろん即時《そくじ》取り壊《こわ》しが決定された。だが、取り壊しが行われようとすると様々な事故が起きるようになった。重機が動かなくなるのをはじめ、作業員の怪我《けが》などもある。最後には深夜にこの近くを通った者が、いるはずのない生徒を見たという報告まで上がる始末だ。幽霊騒《さわ》ぎが起きたらしい」

（ばかばかしい）

嘘《うそ》っぽさが混ざってきた。フェリはそう思った。

そもそも幽霊というものがなんなのか、明確な定義など存在しない。人の体には魂《たましい》が存在するという。その魂が幽霊だというのが怪奇《かいき》好きの定説のようだ。だが、その魂は死んだらどうなるのか？　宗教という、神と呼ばれる超越《ちょうえつ》者を信じていた時代、自律型移動都市以前の時代には、魂は神の居る場所に戻るのだと言われていたらしい。ならば、神を崇《あが》めない今の人類の魂を、神は受け入れるのか？　神はそんな、人間的心情すらも超越しているのか？

しかしもしも、神がそんな不信な魂すらも無条件に受け入れるのならば、幽霊などという存在が大地に残るはずがない。

人の妄念《もうねん》が死後も残るという話も聞くが、しかしそれではこの世界に数多《あまた》いる、あるいはいた人間たちの妄念で大地が埋《う》め尽《つ》くされていたとしてもおかしくないのではないか？

どちらにしろ、幽霊という存在が特定の場所にしかいないというのはおかしな話だ。

フェリは白けた気分で以後のヴァンゼの話を聞き流した。

「ふふふ……面白《おもしろ》いですねぇ」

しかし、エーリはとても楽しんでいる。

「ああ……爆発《ばくはつ》事故で自分の死すらも意識していない人たち。その人たちはどんな気持ちであそこにいるのでしょうね」

幽霊と出会えると本気で信じているエーリに、フェリはこう言った。

「失敗したと思っているのでは？」

地図と懐中《かいちゅう》電灯を渡《わた》されたフェリたちは二人一組で順番に旧錬金科実験棟へと入っていった。

建物の中は、湿気《しっけ》とカビと埃《ほこり》が渾然一体《こんぜんいったい》となったすえた臭《にお》いがしている。きな臭《くさ》さはすでにないが、確かに火が回ったらしい黒い汚《よご》れがそこかしこにあった。

「うふふ……なんだかドキドキしますね」

顔をしかめるフェリに対して、エーリは真反対の感想を漏《も》らした。進む足取りもどこか軽《かろ》やかで懐中電灯の明かりが彼女に合わせてふらふらと揺《ゆ》れる。

フェリは黙《だま》って地図を眺《なが》めた。

その地図は不完全だった。爆発によって崩壊《ほうかい》した危険地帯については詳細《しょうさい》に記されているのに、他の部分は大雑把《おおざっぱ》にしか描《えが》かれていない。自分の目で確かめろということなのだろう。

怪奇探索《たんさく》という名目の、いわば肝試《きもだめ》しというゲームだ。会長は慣れた様子だったし、おそらくは何度もここに来ているに違《ちが》いない。

暗く、汚《きたな》らしいこの場所を楽しめる他《ほか》の連中の気がしれない。特に隣のエーリとか。

「うふふふふふふふふふふふふふふふふふふふふふ……………」

笑いっぱなしだ。

「フェリさん、怖くないんですか？」

「エーリさんこそ、どうしてそんなに楽しそうなんですか？」

聞き返すと、エーリはとても不思議そうに首を傾《かし》げた。

「だって、幽霊ですよ？」

「……説明になってません」

「なんでですか？　生きてる人には理解できない方法で現れたり追っかけてきたり取り憑《つ》いてみたり呪《のろ》い殺してみたりあっちの世界に連れて行ってみたり、そんな素敵《すてき》な存在が幽霊なんですよ？」

「死者に対してひどく失礼なことを言ってませんか？」

そんなことを言ってみてもエーリには通じない。永遠に平行線をなぞるだけのような気がしたので、フェリはこれ以上なにも言わなかった。

（さっさと終わらせましょう）

この茶番劇から逃《に》げる方法は、さっさと建物内を巡《めぐ》るしかない。フェリは足をはやめた。

「あ、待ってくださいよ」

エーリがあわてて追いかけてくる。

割れた窓から湿気の多い風が入ってくる。廊下《ろうか》のあちこちにはその風に乗って侵入《しんにゅう》した枯《か》れ葉が散らばっている。砂ぼこりも混ざって、一歩踏《ふ》むごとにざりざりと音がした。

研究室らしき扉《とびら》をいくつも開ける。資料の類《たぐい》はすべて持ち出されているようで、書棚《しょだな》はほとんど空の状態だった。置き去りにされたガラス容器は黄ばみ、あるいは中に何かの溶《よう》液《えき》を残したものもある。それらは全《すべ》て長い時の中で腐《くさ》りはて、栓《せん》を開けると別の意味で恐《おそ》ろしいことになりそうな色をしていた。

「ふふふ、楽しいですねぇ」

エーリの言葉を右から左に流しながら、フェリは黙々《もくもく》と地図の空欄《くうらん》を埋めていった。五階建ての建物の下から上へと、崩壊によって隔絶《かくぜつ》された場所を除いてしらみつぶしに覗《のぞ》いていく。

「……この部屋《へや》で終わりですね」

最後の部屋を覗き終え、フェリは地図に空きがないことを確かめた。いける場所はすべて調べたはずだ。

「さて、帰りましょうか」

「出会えませんでしたねぇ」

残念そうなエーリを無視して廊下に出る。砂ぼこりの張り付いたガラス窓からは生徒会棟《とう》の高い尖塔《せんとう》を見ることができた。

尖塔は時計台《とけいだい》にもなっている。さすがに外縁《がいえん》部からその時計で時間を見ることは、優《すぐ》れた内力系活剄《ないりょくけいかつけい》を持つ武芸者にしかできないが、校舎の存在する区画だけならば一般人《いっぱんじん》でも確認《かくにん》できる大きさとなっている。

この場所から見るその時計は、まるで巨人《きょじん》がこちらを覗きこもうとしているかの如《ごと》くに大きい。今まさに動いた長針が震《ふる》えるのすらはっきりと見て取れる。

旧錬金科実験棟を囲む林に入る前にもその時計を見上げた。あの時から、もう二時間以上が過ぎている。

「長居しましたね」

「ふふふ、もうこんな時間ですか」

エーリも時計を見て驚いていた。

「不毛な作業にずいぶんと時間がかかりました」

「残念ですね。もう、戻りましょうか。会長たちも戻ってるかもしれないし」

その言葉で、歩き始めていたフェリの足が再び止まった。

「どうしました？」

「そういえば、ここに来るまで誰《だれ》にも会いませんでしたね」

「そうですね」

この建物には使用できる入口が三つあった。二十人ほどいた者たちが二人一組になったのだから十組。それぞれに三つの入口から入った。フェリたちの入った入口からは他に二組が先に入ったはずだ。

地図を見る。入口からここまで、いける場所は全ていった。崩壊部分で隔《へだ》てられた向こう側に本当に移動できそうにないことも確認した。

隅《すみ》から隅まで歩きまわったのだ。

それなのに、先に行った二組と一度も会わなかった？

「広いですからね」

エーリのそんな発言に全く同意できない。

「広いだけでは説明できませんね」

「そうですか？　あの人たちも夢中になってたから、お互《たが》いに気づかなかっただけなのではありませんか？」

「わたしは夢中になんてなっていませんでしたが？」

明らかな異常事態。しかもエーリが望んでいる怪奇な領域に属するかもしれないものだというのに、その方面に考えを向けないのはどういうことなのか。呆れてため息が出た。

（まぁ、喜んで小躍《こおど》りされても困りますが）

やっと幽霊《ゆうれい》が来た！　とはしゃぎだすエーリを見たいわけでもない。フェリは怪奇の属さない方向で考えてみた。

集団誘拐《ゆうかい》？　こんな場所で？　全員を？　現実的ではない。精神に異常をきたした猟奇《りょうき》殺人犯がいた？　ばかばかしすぎる。

騙《だま》されて、わたしたちだけがここにいる？

最も現実的で、最も低俗《ていぞく》なだけにありえそうだ。ただ、そんなくだらない悪戯《いたずら》のために
ヴァンゼまで出張ってきていたのだとしたら、あの男の見方を変えなくてはいけない。

まじめだけが取り柄《え》の男から、まじめな間抜《まぬ》けと。

「こんな危険な場所に女生徒を置き去りにするとは、責任問題になったらどうするのでしょうね」

そう一人ごち、フェリは膝《ひざ》をつくとスカートの下、太ももに隠《かく》して巻いていた剣帯《けんたい》から錬金鋼《ダイト》を抜き出した。私用の時には錬金鋼《ダイト》を持ち歩いてはいけない。ほとんどの武芸者が守っていない校則だが、まさか生徒会長の妹が堂々とそれを無視するわけにもいかない。

抜き出し、復元。そして展開。

無数の鱗状《りんじょう》の念威端子《ねんいたんし》が杖《つえ》のようになった錬金鋼《ダイト》から一斉《いっせい》に拡散して飛んでいく。

それは花弁を散らすように見えなくもない。

「うわぁ……」

闇《やみ》の中だけに、念威の淡《あわ》く青い光が際立《きわだ》つ。エーリが感嘆《かんたん》の声を上げた。

「すごいですねぇ」

いまだ悪戯を仕掛《しか》けられたことに思い至らないエーリの呑気《のんき》さを無視して、フェリは他

の連中を探した。

建物の内部は広い。また、錬金科の多種多様な実験に耐《た》えるために作られた建物だ。そんな建物をここまで壊《こわ》したのだから、いったいどんな実験をしたのかと呆《あき》れかえってしまう。

外から見たときは壁《かべ》を覆《おお》う保護塗料は剝《は》げかけていたが、壁本体はこれだけ放置されていたというのに中心部は腐食《ふしょく》していなかった。内部の壁や廊下もそうだ。耐圧耐衝撃耐熱《たいあつたいしょうげきたいねつ》等、直接間接問わず、あらゆる破壊的事象に対応できる材質が用いられている。

それはつまり、念威を通しにくい材質でもあった。

この建物は走査しにくい。その事実に眉《まゆ》をひそめながら、丹念《たんねん》に敷地《しきち》内を調べていく。

外はすぐに調べ終わった。何名かがそこにいたが、主犯であろう会長やヴァンゼの姿がない。

ならば中にいるということになる。

(どこかに隠れてこちらの様子を窺《うかが》っているはずなのだけど)

しかし、その姿がなかなか見つからない。

「まったく、無駄《むだ》な手間を……」

思わず愚痴《ぐち》を零《こぼ》した。

その時。

「えっ？」

唐突《とうとつ》な悲鳴をフェリの念威が拾った。

†

その声は誰のものだったのか？　フェリは念威端子から送られてきた声紋《せいもん》を記憶《きおく》と照合する。女性。会長ではない。集合時の雑多な雑談の中に合致《がっち》するものがあった。現実の耳にその声は届いていない。反響音《はんきょう》が強く混じっている。廊下、だがガラス窓があれば外へと広がってもいるはずだし、ガラス質の共鳴振動《しんどう》はなかった。だが、反響は廊下らしき場所をただ駆《か》け抜《ぬ》けたように感じる。音を拾った端子がある場所からも遠い。端子の場所は一階。

「地下？」

地図には地下へ行く道は示されていない。

だが、地下があったとしてもおかしくはない。どこから音が漏《も》れた？　端子をその場所に重点的に配置して音の発生源を探す。

あった。一階の階段裏に地下への階段が隠されるように配置されていた。床《ゆか》がそのまま両開きの扉《とびら》になるタイプだ。声はその奥《おく》から聞こえてきたに違いない。周囲には埃《ほこり》と黴《かび》で化粧《けしよう》されたなにかの残骸《ざんがい》が転がっている。階段裏に放置されていたものをどけて、そこを開けたのか？　だとしたら誰が？

なにかが起こった。その可能性がある。そこに向かおうとしている自分が少し信じられない。自分に正義感があるなんて思っていなかった。きっとニーナの影響《えいきよう》に違いない。

（迷惑《めいわく》なことです）

ぼやきながらも体は動きを止めようとしない。

「エーリさん、下に行きます」

言って振《ふ》り返る。

「……え？」

そこに、エーリの姿がなかった。

廊下の左右を見回してもどこにもいなかった。

「エーリさん？」

大声で呼びかけてみるが、フェリの声が虚《むな》しく廊下を駆け抜けるだけで終わった。

「こんな時にっ！」

勝手にどこかに行った？　だとしたらどこに？　目を離《はな》したすきに怪奇《かいき》趣味《しゆみ》に引っかか

るものでもあったのか？　舌打ちし、念威端子のいくつかを呼び戻《もど》してエーリの捜索《そうさく》にあてる。そうしながら、フェリは走った。

地下への階段前に残した念威端子を先行させる。さらに何割かを念威爆雷《ねんいばくらい》に変換《へんかん》。

フェリ自身に武芸者に相当する武力はない。だからこそ、戦闘《せんとう》の可能性のある場所では念入りに準備を行わなければならない。軽挙、それは誰にとっても持ってはならない精神だが、念威繰者《そうしゃ》にとってはさらに致死《ちし》の毒として憎《にく》まなければならない精神状態だ。念威繰者のミスは、その情報を頼《たよ》りに戦う武芸者たちの生死にもかかわることになる。

走るフェリの脳内に、先行した念威端子が映像を届ける。

ここよりもさらに沈殿《ちんでん》した大気の中、闇で光るものがある。勁《けい》の奔流《ほんりゅう》が光の跡《あと》を追った。武芸者だ。考えるまでもなくヴァンゼが何者かと戦っている。

少し端子を進ませるとヴァンゼの姿をとらえた。

壁を粉砕《ふんさい》し、通路に出てきた。飛び出してきたのではなく、吹《ふ》き飛ばされたのだろう。膝をついたのは一瞬《いっしゅん》、すぐに彼《かれ》の武器である棍《こん》を構えて立ち上がる。

即座《そくざ》に端子で周辺走査……他に人はいない。

「ヴァンゼ、下がりなさい」

端子から声を飛ばし、他の端子をヴァンゼが出てきた穴に突《つ》き進ませる。念威爆雷。強《きょう》烈《れっ》な光があたりを支配し、爆圧《ばくあつ》とともに雷《かみなり》が周囲に舌を伸《の》ばす。

爆発の寸前にヴァンゼはその場から退避《たいひ》していた。膨張《ぼうちょう》する煙《けむり》を引き連れるようにして地下から脱出《だっしゅつ》した時には、フェリも一階に下りていた。

「先輩《せんぱい》を呼び捨てにするな」

粉塵《ふんじん》まみれで白くなったヴァンゼの第一声に、フェリは呆れた。

「それなら、女子生徒をこんな危険な場所で悪戯にかけようという悪趣味《あくしゅみ》に手を貸したあなたは、生徒会役員としてどうなのですか？」

ヴァンゼが苦々《にがにが》しい顔をした。「だからおれは……」などと呟《つぶや》いている。

「で、これはいったい、どういうことなのですか？」

爆発跡に新たな念威端子を配置し、周辺を探《さぐ》りながら問う。

「あなたは一体、なにと戦っていたのですか？」

フェリの端子は、何者の姿も捉《とら》えることが出来なかった。それは爆発後の話ではない。念威爆雷を起動させる前からだ。

ヴァンゼは誰もいない場所で一人で戦い、一人で壁を破って吹き飛んでいた。

「なんだと？」

ヴァンゼが訝《いぶか》しげな顔でフェリを見た。

「お前の端子は、あれを認識しなかったのか？　では、やはりそうなのか……」

「何の話です？」

一人でぶつぶつと呟き、自分の中だけで完結させていく。

「エーリさんがいなくなりました。他の人たちはどこです？　あの人たちが知っている可能性は？」

矢継《やつ》ぎ早に尋《たず》ねると、ヴァンゼが顔をあげた。その顔は驚いていた。

「彼女までいなくなっただと？　馬鹿《ばか》な、彼女は性格上ありえんはずだ」

「なんです？」

「くそっ、やはりなにかがおかしくなっているな」

「ちょっと……いい加減にしてください」

フェリは静かに睨《にら》みつける。ヴァンゼは溜息《ためいき》を吐《つ》いた。

「わかった。説明しよう」

ヴァンゼの話はとうてい信じられないものだった。

「そんなことが信じられるとでも？」

階段に座《すわ》ったヴァンゼを、フェリは冷ややかに見つめた。

「普段《ふだん》なら信じさせるのは簡単なんだがな、今回はそうはいかん。なにか悪いことが起こっている」

「悪いことって……」

「それがわかれば苦労はない」

疲《つか》れた顔でヴァンゼが首を振った。

なにを信じろというのか？

怪奇愛好会の会長、あの女性の名前はイラ・ロシリニア。彼女が生徒会役員であるなんてほとんどの人が知らない。しかも、その役職が旧錬金科実験棟の管理人であるなんて。

そしてこの建物はただの廃墟《はいきょ》ではない。

三十年前、まだツェルニに学園都市連盟の大人たちがいた時代、彼ら主導で錬金科の生徒たちは共同で一つの実験を行った。

学園都市連盟による共同実験、それはツェルニだけではなく、他の学園都市も同時に行っていた。

守護獣《ガーディアン》計画。そう呼ばれていた。

武芸者の力及《およ》ばず汚染《おせん》獣が都市内に侵入《しんにゅう》した時、たとえその後に撃退《げきたい》できたとしても都市には甚大《じんだい》な被害《ひがい》が残る。また、都市に汚染獣が侵入した時にはその後の都市防衛に重大な危機を迎《むか》えるほど武芸者が死傷することは、難民たちから得た情報でわかっていた。

そこで汚染獣に対して武芸者だけではない防衛手段が考えられた。それが守護獣計画だ。錬金科《れんきんか》生物部門によって遺伝子操作された怪物《かいぶつ》を作ったのだ。致死性のある寄生虫をベースに作られたそれは、都市内部に侵入した汚染獣にあえて食われることによって体内に侵入し、柔《やわ》らかいであろう内臓を食い荒《あ》らし破壊《はかい》する。一種の自爆《じばく》兵器としてそれは完成するはずだった。

だが、問題は存在する。

どうやって汚染獣にのみその狂暴《きょうぼう》な性質を発現させるか、という問題だ。

そして、その問題はついに解決しなかった。

「当初は念威繰者によって制御《せいぎょ》させようという案があったようだが、結局それは実現しなかった。汎用性《はんようせい》がなかったからだ」

念威端子を脳髄《のうずい》に埋《う》め込《こ》み、電気的刺激《しげき》によって行動を制御する術は存在する。だがそれはあまりに高度な技術であり、どの念威繰者でも少し訓練すれば扱《あつか》えるというものではなかった。

また、それを実現しようとした段階で念威を吸収してしまうという奇妙《きみょう》な性質を得てしまったことも問題となり、この案は破棄《はき》された。

「最終的に、別の案を採用し開発が進められていたのだが、爆発事故によりそれは中断された。それだけでなく、その後の守護獣《ガーディアン》の暴走によって計画そのものも中断となってしまった」

そして施設《しせつ》は一部封印《ふういん》状態のまま放棄《ほうき》されることとなり、建物も取り壊《こわ》されることなく放置されることとなる。そしてそのことが、ツェルニが完全に大人を排除《はいじょ》した学園都市となるための運動を起こさせる原因となったのだが、それは別の話。

「彼女はどんな役目を？」

怪奇愛好会の会長を務めるイラのことだ。

「あいつは、この建物に向けられる好奇《こうき》の目を制御し、封印部分に近づかせないようにするための、いわば影《かげ》の役割を持っている」

木を隠《かく》すには森の中。興味を持たれ、隠しきれるものではないのなら、完全に隠匿《いんとく》しようとはせず、ある程度の情報を与《あた》えて知的好奇心を満足させておけばいい。

そのためのイラであり、怪奇愛好会は廃墟に興味を寄せる生徒たちに対するフィルター的な役割を果たすために作られたのだという。

そんな話を急に信じろと言われても、それは無理というものだ。

「それで、今回はどういう意図でこんなことをしたんですか？　そもそも、他の人たちはどこに？」

端子《たんし》は現在も建物内を走査し続けるが、エーリも他の人たちの姿も見つからない。外に逃げたという様子もない。ヴァンゼが戦っていた何者かの姿もない。

ヴァンゼの話は信じがたいが、なにが起こっているのかわからないのもまた事実だ。

「それは……」

言いかけたところで、ヴァンゼが立ち上がった。

ヴァンゼの視線を追う。

念威端子はなんの姿も捉《とら》えていない。

「そんな……」

それなのに、どうしてここに怪物の姿があるのか。

廊下《ろうか》の先にその怪物はいた。

極端《きょくたん》に長い、奇妙な足をしている。足の長さだけで胴体《どうたい》の位置はフェリを越《こ》え、ヴァンゼと同じぐらいの高さにある。胴体はフェリの腕《うで》ぐらいの太さか。蛇《へび》のように長く、くねらせている。頭部は丸みを帯び、球体のような目が飛び出し、線を引くように大きな口がある。鱗《うろこ》も甲殻《こうかく》もない。湿《しめ》り気のある胴体は念威の光をいやらしく反射している。虫特有の複眼では視線を感じるなんてできないが、背中を冷たくさせる圧迫感《あっぱく》は間違《まちが》い

なくフェリたちに注がれていた。

「これは……」

汚染獣？　その考えが脳裏をよぎった。だが、汚染獣ならフェリの念威が捉えられないはずがない。

なら、これはもしや……ついさっきの話を信じるのならば………

「守護獣？　生き残っていると？」

ヴァンゼが棍をかまえ、フェリをかばう位置に移動する。

「時間を稼《かせ》ぐ。救援《きゅうえん》を呼べ」

ヴァンゼの言葉に、フェリは邪魔《じゃま》にならないよう後方に下がりながら端子を一つ飛ばした。

怪物が動く。

ヴァンゼが気合いの声を放ち、迎《むか》え撃《う》つ。

ヴァンゼの足元にあった枯《か》れ葉や砂ぼこりが全身から放たれる剄《けい》の流れに乗って浮《う》き上がる。枯れ葉は剄の乱流の中で引きちぎれ、粉々になりながらヴァンゼの周囲で躍《おど》った。

巨大《きょだい》な棍が廊下一杯《いっぱい》に振《ふ》り回され、長い足を目まぐるしく動かして接近する怪物に振るわれる。

だが、寸前で怪物が猛進《もうしん》を止める。目測を誤った棍は怪物の目の前で地面を叩《たた》いた。

「ちっ」

ヴァンゼが舌打ちをし、飛び下がる。

次の瞬間《しゅんかん》、怪物の前足が突如《とつじょ》消失した。

「ぐがっ！」

飛び下がっていたヴァンゼの体が宙でさらに跳《は》ね上がり、地響《じひび》きを立てて背中から落ちる。

怪物の足が鞭《むち》のようにしなり、ヴァンゼを叩いたのだ。怪物の足は昆虫《こんちゅう》的な作りをしておらず、蛇に似た数多い関節を筋肉で支えているということになるのだろうか。

「くそっ、虫の癖《くせ》にいい目を持ってやがる」

ヴァンゼはダメージを受けた様子もなく、即座《そくざ》に起き上がる。怪物はその場からは動いていなかった。ヴァンゼが死んでいないことを知っていたのか、確実に動きを止《と》めるまでとどめの一撃《いちげき》を加えるつもりはないのかもしれない。

「厄介《やっかい》ですね」

正体はなんであれ、武芸者の速度に対応し、戦い方も心得ているように見える。武芸科の頂点に立つヴァンゼが後れを取るような相手とも思えないが、苦戦することにはなるかもしれない。

今度はヴァンゼが怪物に躍りかかる。再び前足がしなるが、その一撃は棍で受け流された。巨体《きょたい》に似合《にあ》わない体さばきで怪物の前に滑《すべ》り込《こ》む。

棍は突《つ》きを繰《く》り出す。烈風《れっぷう》をまとって放たれた突きは、しかし即座に後退した怪物によって空を切ることしかできなかった。

ヴァンゼはさらに前に踏み込《こ》み、怪物に立て直しの隙《すき》を与えない。怪物はその長い足からは信じられない速度で後退を続けた。

フェリとヴァンゼの距離《きょり》が引き離《はな》される。

「なっ！」

突進《とっしん》を続けていたヴァンゼがいきなり驚《おどろ》きの声を上げ、その動きを止めた。

「しまった！」

念威ではヴァンゼの身になにが起きたのかはわからない。だが、窓から差し込む月光がヴァンゼを捕《と》らえたものの正体を明かした。

「……糸？」

怪物は蜘蛛《くも》の能力をも持っているようだ。月光を受けてかすかにきらめく糸がヴァンゼの体を縛《しば》り付けている。後退しながら、怪物は糸を放ち罠《わな》を作っていたのだ。

ヴァンゼがもがけばもがくほど、糸は巨軀《きょく》に絡《から》み付いてくる。

そこに怪物が近寄っていった。

食らう気だ。そう察したフェリは即座に念威爆雷《ねんいばくらい》を投入する。怪物周辺に達すると、構わず発動させた。

爆風が廊下を支配し、光が周辺を白く消しさる。

再び起こった煙《けむり》を引き裂《さ》いて、巨大なものがフェリの前に転がってきた。

煤《すす》まみれになった厳《いか》つい顔が非難の目を向けてきた。

「もっと優しい助け方はないのか？」

「ありません」

あの一瞬でヴァンゼへの被害《ひがい》を最小限にし、さらに爆圧でここまで運ぶように計算したのだ。それ以上の良い方法を求められても困る。

「それよりも、もしかしてあの怪物が他の人たちをさらったのですか？」

「……そうだ」

糸は爆発の熱で焼き切れ、その効力を失っていた。ヴァンゼは立ち上がり、煙が引くのを待つ。

「あの糸で全員が捕《つか》まった。おれはすんでのところで避《さ》けることができたが、他の連中はそのまま連れさられてしまった」

煙が完全に引くと、そこに怪物の姿はなかった。

ヴァンゼが舌打ちした。

「ずっとあの調子だ。やってきてはすぐに退く。おれたちが弱るのを待っているとしか思えない」

「しかし、さきほどの話からすれば自爆型の兵器にあんな機能を持たせる意味がわかりませんが？」

「仕様書を読んだことがある。逃《に》げ遅《おく》れやけが人を救助するための手段のようだな」

「趣味《しゅみ》の悪い」

糸で巻かれた自分を想像して、フェリはぞっとした。

「しかしそれなら、とりあえずは他の人たちは無事なのかもしれませんね」

「ああ、食ってる暇《ひま》なんかないだろうからな」

ヴァンゼの直接的な物言いに眉《まゆ》をひそめながら考える。怪物の戦い方は長期的な戦法だ。閉鎖《へいさ》された場所でならば有利だが、外からいくらでも救援を呼べる分、こちらの方が有利でもある。

だが、だからといってのんびりとしすぎれば捕らえられた他の生徒たちの危険が高まっていくのだ。

「わたしたちから仕掛《しか》けないといけませんね」

捕らえた者たちに気を向けないよう、常にこちらに注意を払《はら》わせておく必要がある。

「ああ」

同じ結論に達したらしいヴァンゼが頷《うなず》いた。

「しかし、問題はどうやって捕まえるかだ」

相手は、どういうわけか念威が通じない。姿を見つけることができない以上、計画的におびき寄せるという方法を取ることができない。念威爆雷は有効なのかもしれないが、二度の爆発から逃げ延びているということは、あの体軀《たいく》に似合わずかなり頑丈《がんじょう》にできているのだろう。

「最終手段は、この建物ごと押《お》しつぶしてしまうことですね」

フェリがそう言うと、ヴァンゼも頷く。

「そのためにも捕まった連中をたすけださなくてはな」

「ではまず、巣《す》穴《あな》探しから始めましょう」

二人は行動を開始した。

別々に動けば各個撃破《げきは》されるおそれがある。特にフェリのみを狙《ねら》ってきた場合、念威爆雷だけでは心もとない。二人は一緒《いっしょ》になって地下階へとやってきた。

地上部分はエーリと一緒に歩きまわったものを含《ふく》め、端子で探《さぐ》り終えている。未見なのはこの場所だけだ。

おそらく、この場所に守護獣は封印措置《ふういんそち》をとられていたのだろう。それが経年劣化《れっか》によるためなのか、それとも別の要因からなのか、封印が解かれ、活動を再開した。

どうして完全に廃棄《はいき》しなかったのか、その謎《なぞ》をここで問いただしても始まらないだろう。

「行くぞ」

ヴァンゼを先頭にして慎重《しんちょう》に奥《おく》に進んでいく。

ヴァンゼが携行《けいこう》していた懐中《かいちゅう》電灯をフェリが持つ。光が闇《やみ》を円形に押しのける。端子を先行させながら二人は廊下を進んだ。

「外とは連絡《れんらく》がついたか？」

沈黙《ちんもく》を押しのけてヴァンゼが問いかけてきた。フェリは首を振った。

後衛として念威端子にのみ意識を集中することができれば、もっとはやく移動させることができるのだが、今回は怪物がいるために集中しきれない。結果、端子の移動速度も遅《おそ》くなっている。

「生徒会棟《とう》には、もう人がいませんでした。とりあえず最寄《もよ》りの警察署に送っています。それと……」

もう一つの端子《たんし》は機関部へと送っている。記憶違《きおくちが》いでなければ、レイフォンとニーナが機関掃除《そうじ》のバイトをしているはずだ。特にレイフォンと連絡を取ることができれば、ツェルニ中の武芸者を集めるよりも頼《たの》もしい援軍《えんぐん》となる。

そのことを言うと、ヴァンゼは鼻を鳴らして不快の念を示した。

「あいつに頼《たよ》りすぎになるのは、癪《しゃく》に障《さわ》るがな」

「事実を無視しても始まりません」

「頼りきれば、そいつがいない時にはなにもできない集団ができあがるだけだ」

ヴァンゼの言葉はその通りなのかもしれない。

なにより、武芸者であることを望まないレイフォンにこんなことを知らせなければならないのは、フェリだって心苦しい。

「ああ、まったく。どうしてこんなことになってしまったのか」

思わず、その言葉が口から零《こぼ》れ出た。念威が効かないという不測の事態は、フェリに慣れない緊張《きんちょう》を与えている。それだけに、精神が息抜《いきぬ》きの瞬間を求めていたのだろう。

現在の状況《じょうきょう》を嘆《なげ》いたフェリだが、聞いていたヴァンゼは別の捉え方をしたようだ。

「兄貴には兄貴の考えがある」

すぐにフェリが武芸科にいることを嘆いていると思っているのだとわかった。どうしていきなりそんなところに考えが飛んだのか不明だが。

「あいつは、あいつなりにお前のことを考えているぞ」

「どういう風にですか？」

それはフェリ自身が聞きたくても聞けないことだ。

「お前には才能がある。天才と呼ぶのにふさわしい才だ。だが、その才能ゆえにお前は努力らしい努力をしたことがない。努力の辛《つら》さをお前は知らない」

「………………」

痛烈《つうれつ》な言葉にフェリは言葉もなかった。

「そんなお前が、念威繰者以外の道を選ぼうとする。努力らしい努力をしたこともない。裕福《ゆうふく》な家に育ち、生活の苦労をしたこともない。成しえることができない辛さも知らない。そんなお前を手放しで外に出すことは、あいつにはできなかった」

「そんなことは、やってみなければわからないじゃないですか」

「なにかやったか？」

「………………」

今度もまた、なにも言い返せなかった。ツェルニに来てから二年、やったことと言えばあやしげなバイト一度きりだ。

「お前が本気で行動を起こせば、おそらくあいつはなにも言わないだろう。なにより、来年にはあいつはいないんだ。お前を束縛《そくばく》するものはなくなる。その時のための緩衝《かんしょう》期間が必要だとあいつは考えているんだ」

「……余計なお世話です」

小さく、そう呟《つぶや》くぐらいしかできなかった。

「まぁ、この状況でお前に武芸科から抜けられるのは確かに痛手《いたで》かもしれないが……な」

ヴァンゼの気配が変わった。フェリも気分を切り替《か》える。

怪物の息をする音が廊下のどこかから聞こえてきた。さきほどはそんな音は聞こえなかった。興奮しているからかもしれない。

目的の場所に近づいたか。

そう考え、フェリは高速で念威端子を動かし、念入りに走査した。

いた。

「見つけました」

今いる地下階のさらにもう一つ下に空間があった。それはこの建物が錬金科《れんきんか》実験棟として機能していた頃《ころ》にできたものではない。爆発事故の影響《えいきょう》だろう。床《ゆか》に亀裂《きれつ》が入りそこから地面が露出《ろしゅつ》していた。亀裂の奥に大きな穴があり、その中で捕《と》らわれた者たちが糸でがんじがらめにされている。抵抗《ていこう》して動く様子はない。全員が気を失っている。死んではいないことだけはわかって、そのことにフェリは安堵《あんど》した。

「よし。ならば後は、こいつを倒《たお》すことを考えるだけか」

幸運が続く……いや、事態の好転が一気に進む。機関部に向かわせた端子が二人を見つけたのだ。

「どうしたんだ？」

驚いた様子のニーナの声に、フェリは状況を説明した。

「念威の効かない怪物だって？　汚染獣《おせんじゅう》じゃないのか？」

戸惑《とまど》うニーナたちにフェリは簡単に事情を説明する。

「そんな計画が……」

「よしすぐに向かう」

レイフォンの絶句する声にニーナの声がかぶさる。彼女の声にここまで頼もしさを感じたのは初めてかもしれない。レイフォンがいるからそう感じるだけだろうか。

「待ってください」

だが、そのレイフォンがニーナの行動を止めた。

「どうした？」

怪訝《けげん》な顔のニーナを無視して、レイフォンは端子と向き合う。

「向かいますけど、たぶん今からでは間に合わないと思います」

レイフォンのその声が無情に響《ひび》く。フェリは声も出せず、体が震《ふる》えた。

「なにを言っている⁉」

「もう戦いが始まっているんでしょう？　場所としても退けない場所みたいだし、ヴァンゼさんが勝つかどうかという問題に、もうなってると思います」

レイフォンの淡々《たんたん》とした声に、ニーナが息を呑《の》んだ。

「状況を好転させるなら、フェリ……先輩《せんぱい》がやるしかないと思います」

レイフォンの言葉に、フェリは面喰《めんく》らった。

「わたしが？　でも、わたしは情報処理を担当……」

「戦えないわけじゃない。なら、やるしかないですよ。どのみち、このままのんびりとはできません」

すでにレイフォンもニーナも機関部から出るために走っている。こちらに向かうために全力を尽《つ》くしている。

その上で、フェリに行動を促《うなが》している。

でも、どうやって……？

「……そこはそいつにとっての食糧庫《しょくりょうこ》だったな？」

「はい」

いきなり、ニーナが確認《かくにん》をしてくる。

「なら、策がないわけでもない。それほど難しくもないはずだ」

ニーナの言葉を、フェリは黙《だま》って聞いた。

すでにヴァンゼと怪物の戦闘《せんとう》が始まっていた。

フェリはやや距離《きょり》を取ってレイフォンたちとの通信に専念していたが、それも都市警察に連絡をつけた時点で終わる。

ニーナが伝えてきた作戦はヴァンゼが行うのではない。

フェリがやらなくてはいけない。

変にヴァンゼに知らせては、逆にこちらの目的を悟《さと》られることになるかもしれない。フェリはじっとその機会を待った。

やるしかないのだ、自分が。

情報処理としてバックアップに専念するはずの念威繰者《ねんいそうしゃ》が。

（まったく……）

それは、フェリにとっては初めてのことだ。念威繰者の攻撃《こうげき》手段は爆雷《ばくらい》しかない。その威力《いりょく》はそれほど大きくはなく、結局は時間を稼《かせ》ぐ程度のものでしかない。

だが、それでもやるしかないのだ。

（まったく）

心の中で繰《く》り返す。

そして、好機がやってきた。

「おおおおおっ！」

ヴァンゼが猛攻《もうこう》をかけ、怪物が勢いに押《お》されて退避《たいひ》する。

フェリと巣穴が直線で結ばれた。

（よし）

勢いをつけ、フェリは走る。武芸者の運動能力を実現できない。陸上競技が得意な一般《いっぱん》人《じん》のそれと速度的には変わりない。

やや遅《おく》れて、怪物がフェリの行動に気づいた。

奇声《きせい》を上げ、こちらに敵意をぶつけてくる。ヴァンゼの一撃を躱《かわ》すこともなくその身に受けながらフェリに向けて突進《とっしん》してきた。

ヴァンゼの棍《こん》は怪物の足を数本砕《くだ》いていた。それにもかかわらず怪物は迫《せま》ってくる。

振《ふ》り返る。怪物はすぐ近くにまで迫っていた。

足が滑《すべ》る。フェリの体が砂埃《すなぼこり》にまみれた床に投げ出される。

膝《ひざ》が擦《す》れた。だが、その痛みに呻《うめ》く暇《いとま》はない。

背後には怪物。その巨軀《きょく》に似合わない、まるで跳《は》ねるような軽《かろ》やかな動き。重量感を無視した動きが非現実的だ。

（まったく）

繰り返す。

これはなんの冗談《じょうだん》なのか。

幽霊《ゆうれい》がいるというくだらない場所にやってきて、過去の亡霊《ぼうれい》と出会っている。冗談の範疇《はんちゅう》で済ませておけないものなのか。

怪物はすぐ目の前に。ヴァンゼほどの抵抗力がないことがわかっているのか、その動きは大胆《だいたん》だ。巨大な口が開く。口内にびっしりと並んだ牙《きば》を見る。涎《よだれ》にまみれ、口の端《はし》から粘性《ねんせい》の太い水糸が垂れる。あの口ですり潰《つぶ》すように自分の体が砕《くだ》かれていくのを想像して、

フェリの体は震えた。

眼前に死の塊《かたまり》がいた。

これか……とフェリは思った。

これが、レイフォンが常に戦場で感じているものなのかと。念威繰者として後方にいるフェリにはわからなかった緊張感《きんちょう》が全身を支配し、脳を膨《ふく》らませ、心臓が張り裂《さ》けそうになり、背筋を中心に体が痺《しび》れた。

それでも、体は動く。

こちらの準備は走りだす前からすでに終わっている。

フェリがしたことはこちらに引き寄せることだ。

起動。そう念じる。

天井《てんじょう》から強烈《きょうれつ》な光が生まれた。念威爆雷だ。爆音《ばくおん》が鼓膜《こまく》を叩《たた》き、爆風がフェリの軽い体を浮《う》かす。真上から爆圧を受けた怪物はその場で床に押《お》し付けられ……

そして、天井、一階部分から崩《くず》れ落ちてきた瓦礫《がれき》にのみ込まれた。

身動きの取れなくなった守護獣にとどめをさすことは、ヴァンゼにとってあまりにも簡単な作業だった。

†

病院からやってきた救急車両の赤いランプが林を赤く染めている。旧錬金科実験棟《とう》から助け出された生徒たちがその中におさめられ、次々と運ばれていく。フェリはそれを疲《つか》れた目で見守っていた。

あれから捜索《そうさく》してみたが、あの区画に生き残っていた守護獣は存在していなかった。残っていたのは巨大なガラス容器の列のみで、一つが割れ、残りは内部の溶液があやしい色に染まり、とても生きているとは思えない状態となっていた。三十年間放置された結果がこうだとすれば、生き残っていたあの一匹《いっぴき》にとってそれは救いであったのかどうなのか、それはわからない。

どうとらえるべきなのか、なんとも言えない寂寥《せきりよう》感のようなものが心の中を占《し》めていた。緊張からの脱却《だっきゃく》で脱力しきっているからかもしれない。

そこに……

「あれ、みなさんどうしたんですか？」

のんきな声をかけられ、フェリは目を丸くした。

「エーリさん？」

事態を理解していない顔のエーリが首を傾《かし》げたままこちらにやってくる。その事実が信じられない。

「あなた、どうして？」

慌《あわ》てて振り返った。怪物の糸に絡《から》まれたままの生徒たちが担架《たんか》に乗せられて運び込まれていく。

あの中にエーリもいると思っていたのに。

その時、ヴァンゼの言葉を思い出した。

「あの娘《むすめ》は怪奇《かいき》を望む癖《くせ》に、いざそれと遭遇《そうぐう》する場面になったとたんにとんでもない鈍感《どんかん》さを発揮するんだそうだ。ただ、あの娘がいる時には怪奇現象に遭遇する確率が恐《おそ》ろしく高い。だからイラは、自らが管理しながら記録が消失して不明となっている封印《ふういん》区画の入口を見つけるために彼女を利用した。生徒会役員として正当な申請《しんせい》だ。だからおれも一役買った」

ヴァンゼの言葉を思い出しながらフェリはエーリを見た。

「いままで、なにをしていたんですか？」

「え？　迷子《まいご》の女の子がいましたから、追いかけて建物の外に案内してたんですよ。言いましたでしょ？」

覚えてない。そういえば、エーリが消えたと思った時、フェリは念威に意識を集中していた。

だから、気づかなかったのか？

「それで、その女の子というのは？」

「それが……建物を出たところで突然《とつぜん》いなくなってしまって、ずっと探していたんです。一人ではどうにもならないから、助けを呼ぼうと思って戻《もど》ってきたんですけど」

ああ……フェリは天を仰《あお》いだ。

建物の中に女の子？　こんな夜中に、こんな廃墟《はいきょ》に、学園都市なのに？

学生以下の年齢《ねんれい》の子供がいないわけではないが、そんな希少な子供がここに来る確率なんて、そう……幽霊と出会うよりも低いではないか。

「本当に気付いてないんですか？」

「なんのことですか？」

きょとんとした様子のエーリに呆《あき》れたが、すぐにどうでもよくなった。

「まぁ、無事だったからいいです」

友達は無事だったのだ。

それに……

「フェリ先輩！」

あんな冷たいことを言いながら、必死な様子でやってきたレイフォンの顔が見れたから

それでいい。

とりあえずは、これでいいとフェリは思った。

あとがき

雨木です。びっくり二頁でお送りします。さらに減ったぜ。目指すのはあとがきなし。いや、それは無理だけど。こうなったら一頁とか目指してみたいものです。いや、それも無理なような気がする。次がいきなり十頁超《こ》えてたらそれはそれで泣くけど。

というわけでグレー・コンチェルトです。本編+短編という変則形態です。なんとなく、次の巻への前哨戦《ぜんしょうせん》という感じになってます。あと、レジェンド関係の情報も並べられるだけ並べたという感じでもあります。

というわけで次で第二部完となります……たぶん。

いえ、実はこのあとがきを書く直前に次巻のプロットを組み上げたのですが……

びっくりするぐらい長くなった！

いや、いつもは四十×四十で一枚ぐらいが雨木のプロットの基本なのですが、なぜか三枚になったのです。

呆然《ぼうぜん》とした後に、「そりゃそうだ」とは思いましたけどね。書くことがたくさんあるぜ。脇の部分でも書きたいことはたくさんあるしで、しかもその脇の部分はプロット上には書いてないし、しかしそれはそれでないと困るし……。
とにかく、行数が足りないので次巻の予告に行きたいと思います。

【予告】（九月予定）
グレンダンに突入したレイフォンは驚きの再会を果たし、己の過去と、そして現在と対面することとなる。同じく状況は動き始め、再び空が開かれる。そこから現れたものは激動を都市に運び、レイフォンは否応なくそれに巻き込まれる。
繰り返される戦いの中でレイフォンはなにを見、なにを得るのか、あるいは得ないのか。
そして、リーリンはキスの意味を知る。

次回、『鋼殻のレギオス14　スカーレット・オラトリオ』
お楽しみに！

福岡、大阪、東京、北海道とサイン会ツアーしてきました。来てくれた皆さん、本当にありがとうございました！

雨木シュウスケ

……………………………………………………………………あれ？

担「すいません、あと一頁ありました」

雨「……へ？」

担「テヘッ」

雨「テヘッ⁉」

ええ、そういうわけでもうしばらくお付き合いを。……そうそう、いままさに十四巻やってるんですが、それでですね、『○○に苦笑され〜〜』という文章書くつもりだったのです。書くつもりだったのに。

『○○肉賞され〜〜』という誤変換《ごへんかん》。

……どんな賞なんだろう？　いや、肉が賞《ほ》められたの？　ていうかその○○にはキャラ名が入るんだけど、つまり○○の肉ということ？　……と、寝る前だったのでおかしな場所に思考が迷い込んでしばし考え込んでしまいました。

誰が肉賞となったのか、それは十四巻まで覚えてたら探してみてください。

それでは。

〈初　出〉
ゴースト・イン・ゴースト　ドラゴンマガジン２００８年４月号
ボトルレター・フォー・ユー　ドラゴンマガジン２００８年11月号
他すべて書き下ろし

富士見ファンタジア文庫

鋼殻《こうかく》のレギオス13

グレー・コンチェルト

平成21年5月25日　初版発行

著者——雨木《あまぎ》シュウスケ《しゅうすけ》

発行者——山下直久

発行所——富士見書房
〒102-8144
東京都千代田区富士見1-12-14
http://www.fujimishobo.co.jp
電話　営業　03(3238)8702
　　　編集　03(3238)8585

印刷所——旭印刷
製本所——本間製本

ISBN978-4-8291-3401-6 C0193